SALTO

Sechs Menschen – sechs britisch-bizarre Schicksale: Da ist zunächst Graham, der – weit über vierzig – noch immer zu Hause bei seiner Mutter wohnt und gar nicht gut auf Mr. Turnbull zu sprechen ist, der Mama den Hof macht und ihr Flitterwochen auf den Kanarischen Inseln verspricht.

Susan hingegen, Ehefrau des Vikars, schaut häufig mal zu tief ins Glas und verliebt sich in den indischen Gemüsehändler an der Ecke. Miss Ruddock zeigt uns, wie extensives Briefeschreiben dazu führen kann, dass man im Gefängnis landet, während die naive Mittdreißigerin Lesley von einem deutschen Filmproduzenten übers Ohr gehauen wird und die Hüllen fallen lässt.

Muriel schließlich hat bis heute den Tod ihres Ehemanns nicht verwunden – ebenso wenig wie die hochbetagte Doris, die einen Kleinkrieg gegen ihre Putzfrau und Altenpflegerin führt und der ein Kräcker unterm Kanapee zum Verhängnis wird …

Alan Bennett

Ein Kräcker unterm Kanapee

Aus dem Englischen von Ingo Herzke

Verlag Klaus Wagenbach Berlin

Inhalt

Ein Splitter im Zucker

Graham ist ein sanfter, zurückhaltender Mann mittleren Alters. Schauplatz ist sein Schlafzimmer, ein kleiner Raum mit einem Fenster und einer Tür. Möbliert ist es mit einem Einzelbett, einem Kleiderschrank, zwei Stühlen und sonst nicht viel.

Ich hatte ihr heute Morgen gerade den Tee gebracht, da sagte sie: »Graham, du bist mir das Wichtigste auf der Welt.« »Du mir auch«, habe ich gesagt. Und sie: »Dann ist ja alles gut.« »Wie kommst du denn jetzt darauf?«, habe ich gefragt. »Nur so. Der Tee sieht stark aus, zieh die Gardinen auf«, hat sie gesagt. Ich wusste natürlich, wieso sie darauf gekommen war. Sie sagte: »Du sollst nicht denken, dass du nicht meine Nummer eins bist.« Und ich sagte: »Du bist ja auch meine Nummer eins. Gib mir deine Zähne. Ich spüle sie aus.«

Es war nämlich so, dass wir gestern ein aufregendes kleines Erlebnis hatten: Wir sind einem Teil von Mutters Vergangenheit begegnet. »Ich wusste gar nicht, dass du eine Vergangenheit hast. Ich dachte, ich wäre deine Vergangenheit«, habe ich zu ihr gesagt. »Du?«, fragte sie. »Na ja, wir kennen uns ja schon ziemlich lange. Wo passt er denn im Verhältnis zu Papa hin?«, fragte ich. Sie hat gelacht. »Ach, das war vor Papa.« »Vor Papa?«, fragte ich. »Es überrascht mich, dass du dich an ihn erinnerst, wo du doch nicht mal dran denken kannst, deine Heizdecke auszuschalten.« »Das ist was anderes«, sagte sie. »Er heißt Turnbull.« »Ich weiß«, sagte ich. »Hat er gesagt.«

Ich hatte sie beim Kriegerdenkmal auf ihren Stammplatz gesetzt und war dann losgegangen, um Lesestoff zu besorgen. Dann wartete ich, während sie in der Behindertentoilette für kleine Mädchen ging. Sie ist eigentlich nicht behindert, nur ihr Gedächtnis ist ein Sieb, aber sie zieht diese Toiletten vor, weil man darin mehr Bewegungsfreiheit hat. Es dauert immer ewig, mit Händewaschen und allem, und als sie endlich wiederkommt, stellt sich heraus, dass sie mit der Klofrau geplaudert hat. »Worüber?«, habe ich gefragt. »Hängen«, antwortete sie. »Sie fand, kleinere Vergehen müssten härter bestraft werden, und ich dachte bei mir: ›Na, das wissen wir aber besser, mein Graham und ich.‹ Schade, dass du nicht dabei warst, dann hättest du ihr die Statistiken erklären können, wo trinken wir denn heute unseren Tee?«

Das Schöne an Mama ist, dass sie zwar keine richtige Bildung genossen, aber trotzdem von mir genug mitbekommen hat, dass sie bei Diskussionen aktueller Themen wie der Umwelt oder der Rassenfrage mitreden kann, und für eine Frau ihres Alters und ihrer Herkunft hat sie bemerkenswert liberale Ansichten. Sie liest gelegentlich meinen *Guardian*, und sie macht sich ihre eigenen Gedanken. Doktor Chaudhury hat zu mir gesagt: »Sehr gute Arbeit, Graham. Ein elastisches Hirn verhindert gebrochene Hüften. Weiter so.«

Ums Kriegerdenkmal herum regiert der Wahnsinn, darum nehme ich Mutter meistens am Arm, bis wir sicher über die Straße sind, und wenn wir dann auf dem Bürgersteig angekommen sind, lässt sie oft nicht gleich wieder los, weil wir einmal von so einer Frau mit Fragebogen angesprochen wurden, die uns für Mann und Frau hielt. Mal ehrlich, Mama hat weiße Haare. Sie machte so einen Schlenker, und ich sagte: »Mama, lass meinen Arm los.«

Ich habe gar nicht richtig gezogen, aber schon im nächsten Augenblick lag sie auf dem Bürgersteig. Ich sagte: »Mein Gott, Mutter.«

Leute scharen sich um uns, ich greife nach ihrer Handtasche, sie richtet sich auf und sagt: »Jetzt habe ich Laufmaschen in beiden Strümpfen.« »Jetzt vergiss mal deine Strümpfe«, sage ich, »was ist mit deinem Becken?« Sie sagt: »Das liegt bloß an diesen Bifokal-Gläsern. Man kriegt ja immer gesagt, man soll nicht nach unten schauen. Ich wollte Erbrochenem ausweichen.« Jemand sagt: »Die Stimme klingt doch vertraut«, und da beugt sich ein kleiner Herr über sie, grüner Filzhut, kurzer Regenmantel. »Hallo«, sagt er, »kennst du mich noch?«

Aber sie erinnert sich nun mal nicht an Leute, das weiß ich sicher, weil sie mir gerade erst hoch und heilig geschworen hatte, noch nie im Leben Joy Buckle begegnet zu sein, die in meinem Betreuungszentrum den Kurs ›Blumen aus Stoff und Filz‹ unterrichtet. »Natürlich kennst du Joy«, habe ich gesagt. »Du hast ihr einen Teewärmer gestrickt.« Das ist das Einzige, was sie stricken kann – Teewärmer. Und Bettsocken. Beides sehr aus der Mode. Ich habe zu ihr gesagt: »Erweitere dein Repertoire. Wenn du Teewärmer stricken kannst, dann auch Skimützen.« »Kann ich auch«, sagt sie. Aber ich muss immer danebenstehen, sonst lässt sie trotzdem ein Loch für die Tülle. »Jedenfalls«, sage ich, »musst du dich an Joy erinnern, du hast schließlich gesagt, sie hätte schockierende Augenbrauen.« »Das hast du ihr hoffentlich nicht erzählt«, sagt sie. »Natürlich nicht«, sage ich. »Ich erinnere mich trotzdem nicht an sie«, sagt sie. So ist sie eben, sie erinnert sich nicht, und jetzt steht da dieser kleine Bursche und fragt: »Kennst du mich noch?« Da habe ich für sie geantwortet: »Nein, bestimmt nicht. Na komm, Mutter. Stehen wir auf.« Aber sie sagt: »Dich noch kennen? Aber natürlich. Du bist Frank Turnbull. Das muss ja fünfzig Jahre her sein.« »Zweiundfünfzig«, sagt er. »Filey. 1934.« Und sie sagt: »›Seeblick‹.« Er sagt: »Kein Sand in den Schlafzimmern.« Und beide brechen in Lachen aus.

Dabei sitzt sie immer noch auf dem kalten Bürgersteig. Ich sage zu ihr: »Jetzt steh auf, Mutter. Du willst doch keine Hämorrhoiden kriegen.« Aber er mischt sich wieder ein: »Bei allem Respekt, es ist nicht ratsam, Verletzte zu bewegen, ehe sicher ist, dass kein Knochen gebrochen ist. Ich war bei den Johannitern.« »Genau«, sagt Mutter, »und an wem hast du deine Verbände geübt?« Und wieder brechen beide in Gelächter aus. Er hatte so leuchtend gelbe Handschuhe an, hätte Buchmacher sein können.

Irgendwann fasse ich sie jedenfalls um die Hüften und hieve sie hoch, aber ihre Lordschaft ist dabei keine Hilfe, weil er angeblich Rückenbeschwerden hat. Als ich sie endlich wieder senkrecht habe, stellt sie ihn vor. »Das ist Frank Turnbull, ein Freund aus alten Zeiten.« Welche alten Zeiten? Von alten Zeiten höre ich zum ersten Mal. Es stellt sich heraus, dass er Herrenausstatter ist, schon halb im Ruhestand, hat ein Geschäft in Bradford und eine Art Filiale in Morecambe. Ich dachte mir: »Das erklärt immerhin die gelben Handschuhe.«

Er übernimmt sofort das Kommando. »Was du jetzt brauchst, Vera«, sagt er, »ist eine Tasse Kaffee.« Ich sage: »Wir wollten gerade Tee trinken gehen, nicht wahr, Mutter?« Vera! Sie heißt nicht Vera. Niemand hat sie je Vera genannt. Mein Vater hat nie Vera zu ihr gesagt, nur ein einziges Mal, als sie ihn in den OP geschoben haben. Vera. »Also dann«, sagt er. »Folgt mir.« Und er hakt sich bei ihr ein. »Sieh dich vor«, sagt sie. »Sonst wird mein Freund eifersüchtig.« Ich habe nichts gesagt.

Pause.

Das Café, das wir normalerweise frequentieren, ist etwas Besonderes. Es ist einfach, aber hat Klasse, keine Tischdecken, die Karte steht auf einer kleinen Schiefertafel, die Kellnerinnen tragen Zivil, so als ob sie nur zum Spaß hier arbeiten. Die Speisen sind alle selbst zubereitet, und wir sind beide sehr angetan vom Früchtebrot mit Datteln und Walnüssen. Ich sage: »Hier ist es.« Mr. Turnbull geht einfach vorbei. »Nein«, sagt er. »Ich weiß eins, das gerade neu eröffnet hat. Kommt weiter.«

In einer Sache sind Mutter und ich ganz und gar einer Meinung: Rot ist eine gewöhnliche Farbe. Und der ganze Laden ist rot ausstaffiert. Rote Lampenschirme, rot gekleidete Kellnerinnen, rote Teller, und diese Soßenspender aus Plastik auf den Tischen sehen aus wie Tomaten. Auch rot. Ich schaue in die Zuckerdose, da liegt ein Splitter drin. Ich dachte mir: »Das wird Mutter gar nicht gefallen.« »Ach«, sagt sie, »das sieht aber fröhlich aus, nicht, Graham?« Ich sage: »Im Zucker ist ein Splitter.« »Kleinigkeit«, sagt er, »noch ein paar Kinderkrankheiten. Drei Kaffee, ja?« »Wir mögen lieber Tee«, sage ich, aber Mutter meint: »Nein, mir ist nach ein bisschen Abenteuer. Ich nehme Kaffee.« Er greift nach der Speisekarte und legt seine Hand auf ihre. »Darf ich dir einen Cheeseburger empfehlen?« »Ach, was ist das denn?«, fragt sie. »Das ist frisches Hackfleisch vom Rind, mit goldbraun geschmorten Zwiebeln darauf, überbacken mit einer Scheibe Käse, und dazu serviert man Pommes Frites und ein Stückchen Zitrone.« »Ach, Zitrone«, sagt meine Mutter, »das klingt nett.« Ich dachte mir: »Na, ich hoffe nur, du kannst es bei dir behalten.« Es wird doch wieder enden wie mit der Pizza. Einen Bissen davon, und ich saß bis vier Uhr morgens mit dem

Eimer an ihrem Bett. Sie sagt: »Ich mache beim Essen gern neue Erfahrungen. Ich habe auch schon mal Pizza gegessen, stimmt's, Graham?« Ich habe nichts gesagt.

»Na ja, er könnte ein bisschen was für sein Äußeres tun«, sagt Mr. Turnbull. »Kunststoff-Regenmantel. Er braucht so eine Steppjacke, davon habe ich diese Saison viele losgeschlagen.« »Steppjacken mag ich nicht«, sage ich. »Er schwitzt«, sagt meine Mutter. »Dafür gibt es in unserer heutigen Zeit keine Entschuldigung«, sagt Mr. Turnbull, »bei den vielen Präparaten, die auf dem Markt sind. Er sollte mal in so einen Deo-Roller investieren.« Jeder konnte es hören. »Und Schlaghosen sieht man nicht mal mehr in Bradford.«

»Graham ist das nicht so wichtig, nicht wahr?«, sagt Mutter. »Er liest viel.« »Na und?«, sagt Mr. Turnbull. »Ich kenne einige große Leser, die trotzdem Männer von Welt sind. Lovat-Grün ist ein schöner Ton. Eins kann ich Ihnen sagen, Graham«, sagt er. »Wenn ich eine junge Dame wie diese in der Stadt ausführen würde, dann bestimmt nicht in grauen Socken und Sandalen. Das hier sind italienische Schuhe. Fühlt mal.« »Ich hatte immer das Gefühl, Graham würde einen guten Pfarrer abgeben«, sagt Mutter und befühlte seinen Fuß, »bloß glaubt er nicht an Gott.« »Das ist doch heutzutage kein Hindernis mehr«, sagt Mr. Turnbull. »Was machen Sie beruflich?«

»Er orientiert sich gerade neu«, sagt Mutter. »Er hat mal Spielzeug für behinderte Kinder gemacht. Und dann auch Papierblumen.« Ich ging auf Toilette.

Pause.

Als ich zurückkam, sagte er gerade: »Ich glaube nicht an seelische Erkrankungen. In neun von zehn

Fällen geht es doch bloß darum, sich am Riemen zu reißen.« Ich habe nichts gesagt, Mutter aber schon: »Ja, ich finde auch, das Pendel ist zu weit ausgeschlagen.« Sie sah mich nicht an. »Das ist wie bei diesen Mädchen, die nicht essen wollen«, sagt er. »Wenn die so aufgewachsen wären wie wir, Vera, ohne was zu essen, dann würden sie essen.« »Stimmt«, sagt Mutter. »Es wird ihnen einfach zu leicht gemacht. Hast du geheiratet?« »Zwei Mal«, sagt er. »Amy habe ich letztes Jahr begraben. Hat mir das Herz gebrochen, aber das Leben muss weitergehen. Ich habe einen Sohn, lebt in Stevenage. Zwei Enkel, sind jetzt im Motorradalter. Fahren Sie?« »Nein«, sage ich. »Tust du doch«, sagt Mutter. »Du hattest doch diesen Motorroller.« »Das war bloß ein Moped«, sage ich. »Na dann ein Moped, Graham. Ist doch alles das Gleiche. Immer stellt er sein Licht unter den Scheffel.«

»Ich habe einen Rover 2000«, sagt Mr. Turnbull, »fährt sich wie ein Traum. Ich glaube, die Lösung für seelische Erkrankungen ist harte körperliche Arbeit. Wenn ich Bastmatten knüpfen müsste, würde ich auch verrückt.« »Genau«, sagt Mutter, »aber sie töpfern auch. Ich habe schon ganz schöne Aschenbecher gesehen.« »Zu weich gebettet«, sagt Mr. Turnbull. »Könnt ihr diese Pakistanis leiden?« »Na ja, in Maßen«, sagt Mutter. »Unser Zeitungshändler ist ganz nett. Graham findet, wir sind alle gleich. »Ich dachte, du auch«, sage ich. »Ja, wenn du mir alles erklärst, Graham, aber dann vergesse ich deine Erklärungen, und dann stehe ich wieder am Anfang.« »Da gibt es keine Erklärung«, sagt Mr. Turnbull. »In unserem Postamt verkaufen sie Mangos, was gibt es da für eine Erklärung?« »Ja, stimmt«, sagt Mutter. »Ich habe neulich Curry an meiner Illustrierten gerochen. Man muss wohl gebildet sein, um das zu verstehen.« Ich habe nichts gesagt.

Er brachte uns nach Hause und versprach, demnächst mal vorbeizuschauen, wenn er in der Gegend sei. Sagte, er wäre oft hier in der Gegend, um zweifarbige Strickjacken aufzutreiben. »Ihre Mutter ist eine großartige Frau«, sagte er. »Sie sollten sie in Ehren halten.« »Das tut er, ganz bestimmt«, sagte Mutter. »Du bist mein Freund, nicht wahr, Graham?« Sie hakte sich bei mir unter.

SCHWARZBLENDE.

Aufblende auf Graham, der aus dem Fenster schaut. Spätnachmittag. Er sitzt auf der Armlehne.

Es muss irgendwo eine Hungersnot geben, wir verdauten nämlich gerade unser Mittagessen, als der Pfarrer mit ein paar Umschlägen in der Hand klingelte. Rauscht rein, in Anorak und Turnschuhen, und sagt: »Ich freue mich immer darauf, in Ihr Haus zu kommen, Mrs. Whittaker.« (Er hat sich in den Kopf gesetzt, dass sie taub ist. Ist sie nicht; sie ist alles Mögliche, aber nicht taub.) Er sagt: »Wissen Sie, warum? Sie beide erinnern mich immer an Jesus und seine Mutter.« Ich hatte ja immer gedacht, dass Jesus seine Mutter ein wenig geringschätzig behandelt hat, dass er bei einer Gelegenheit sogar ziemlich unverschämt zu ihr war, aber ich habe nichts gesagt. Und Madam ist natürlich über die Maßen entzückt. Für sie ist es das Zweithöchste, mit der Mutter Gottes verglichen zu werden, gleich nach der Queen Mother. Sie fragt ihn: »Sind Sie verheiratet?« (Das fragt sie jedes Mal und vergisst es immer wieder.) »Nein, Mrs. Whittaker«, sagt er. »Ich bin mit Gott verheiratet.« »Und wer macht Ihnen da die Hausarbeit?«, fragt sie. »Na ja, so gut wie Ihr Graham bekomme ich es nicht hin«, sagt er.

»Das sieht ja hier aus wie in einem Schloss.« Sie antwortet: »Also, ich tue auch meinen Teil. Heute Morgen habe ich vier Paar Strümpfe gewaschen.« Hat sie nicht. Sie hat sie in die Schüssel gelegt, aber dann sind sie ihr entfallen, also blieb der Rest der Behandlung an mir hängen.

Er fragt: »Wie geht es Ihnen heute, Mrs. Whittaker?« Und sie antwortet: »Ein bisschen steif auf einer Seite.« »Sie ist gestern gefallen«, sage ich. »Bin ich nicht«, sagt sie. »Bist du doch, Mutter«, sage ich. »Du bist gefallen, und dann hast du Mr. Turnbull getroffen.«

Pause.

»Stimmt«, sagt sie. »Habe ich.« Und dann fängt sie an, in ihrer Handtasche nach Lippenstift zu kramen. Sie sagt: »Das ist doch so eine Art Anorak, oder? Die sind nicht mehr in Mode. Wenn Sie wie ein Mann von Welt aussehen wollen, dann sollten Sie sich so eine kontinentale Steppdings holen.« »Ach ja?«, fragt er. »Sie meint eine Steppjacke«, sage ich. »Er weiß schon, was ich meine«, sagt sie. »Wo haben Sie denn diese Schuhe her?« Er antwortet: »Das sind Trainingsschuhe.« »Training? Wofür denn?«, fragt sie. »Sind Sie noch nicht fertig mit Ihrer Ausbildung?« Und er sagt: »Wenn Jesus heute auf die Welt käme, Mrs. Whittaker, dann würde er wahrscheinlich solche Schuhe tragen.« »Aber nicht, wenn seine Mutter ein Wörtchen mitzureden hätte«, sagt sie. »Die würde ihn sofort zu Stead & Simpson's schleppen und ihn in ein paar anständige Herrenschuhe stecken. Mir hat neulich jemand erzählt, die Italiener machen gute Schuhe.«

Das nimmt der Pfarrer zum Anlass, über Menschen zu reden, die sich überhaupt keine Schuhe leisten können, und kommt so auf die Hungersnot in Äthiopien zu sprechen. Ich mache 50 Pence locker, er sagt, davon könnten in Äthiopien sechs Familien eine Woche lang leben, und sie sagt: »Und ich hätte davon eine schöne Schachtel Pralinen kriegen können.« An der Haustür sagt er: »Ich ziehe meinen Hut vor Ihnen, Graham. Ich habe auch eine Mutter.« Als ich wieder hineingehe, sagt sie: »Von wegen Pfarrer! Sah eher aus wie der Zeitungsbote. Wie soll man zu jemandem in Sportschuhen aufschauen?« Da klopft es an der Tür. »Geh runter«, sagt sie. »Da ist er schon wieder.« Ist er aber nicht. Es ist Mr. Turnbull.

Graham steht auf.

Diesmal anders gekleidet: kurzer Wildledermantel mit Cord-Kragen, rotbraune Hose. Sie sagt: »Du bist aber farbenfroh.« »Diese Hosen haben wir zufällig gerade im Angebot«, sagt er. »Ob du wohl Lust hättest, mit raus zur Bolton Abbey zu fahren?« »Bolton Abbey?«, fragt sie. »Ach, das ist doch ganz unser Geschmack, nicht wahr, Graham? Graham kennt sich gut mit Gebäuden aus, stimmt doch, Graham? Es gibt einen Stil, der gerade in Mode ist. Andere Leute mögen ihn noch nicht so, aber wir schon, nicht, Graham?« »Weiß ich nicht«, sage ich. »Weißt du wohl. Welche Periode ist das noch?« »Viktorianisch«, sage ich. »Genau, Viktorianisch. Ist aber leider viel abgerissen worden.« Mr. Turnbull gähnt. »Ich habe einen kleinen Bungalow.« »Das ist doch nett«, sagt Mutter. »Ein schöner Bungalow gefällt mir, dir nicht, Graham?« »Doch«, sage ich. »Wenn es kein Schandfleck ist.« »Meiner ist von einem Architekten entworfen«, sagt Mr. Turnbull. »Hat einen Innenhof und eine Frühstückstheke, und Aussicht auf landschaftliche Schönheiten.« »Ach«, sagt Mutter. »Klingt ja tipptopp. Dann wollen wir mal in die Puschen kommen, Graham.« Und er sagt: »Ich muss eine Ladung dreiviertellanger grüner Windjacken in Ilkley abholen; eigentlich ist kein Platz für eine dritte Person. Gibt es nicht irgendwas im Kino?« »Ach, er liest auch gerne«, sagt Mutter. »Oder, Graham?« »Und überhaupt«, sagt Mr. Turnbull, »in Ihrem Alter wollen Sie doch nicht immer nur mit Ihrer Mutter zusammen sein, was, Graham?« Ich habe nichts gesagt.

Er setzt sich wieder auf die Sessellehne.

Ich habe auf dem Bett gelegen und eine meiner Zeitschriften gelesen. Ich habe das Gefühl, dass jemand das Haus beobachtet, aber ich kann niemanden sehen. Ein oder zwei Mal habe ich geglaubt, es hätte jemand an die Tür geklopft, aber ich bin nicht hingegangen, falls dann doch keiner da ist.

SCHWARZBLENDE.

Aufblenden zu Graham, der im Pyjama auf seinem ungemachten Bett sitzt. Nacht.

Heute sind sie nach York gefahren. Nach sieben hat er sie erst hier abgesetzt. Normalerweise kommt er mit rein, diesmal nicht. Hat ihr bloß ein Küsschen zum Abschied gegeben. Dafür muss sie sich bücken. Ich habe sie gefragt: »Hast du dich amüsiert?« »Oh ja«, antwortet sie. »Wir hatten Rührei mit Pommes Frites, Tee, Butterbrote dazu, wir haben viel gemeinsam, und es gibt einen tollen neuen Parkplatz.« Ich frage: »Wart ihr auch in der Kathedrale?« »Nein«, sagt sie. »Frank ist nicht so scharf auf alte Bauwerke. Wir sollten mehr in die Zukunft schauen. Er sagt, in Bradford hat man ein brandneues Gewerbegebiet gebaut, das steht als Nächstes auf der Liste. Du bist so still.« »Wundert dich das?«, frage ich. »Doktor Chaudhury sagt, du brauchst ein ruhiges, stabiles Umfeld. Das ist bestimmt kein stabiles Umfeld, wenn dein Hausfreund hier alle fünf Minuten reinplatzt.« »Er ist nicht mein Hausfreund«, sagt sie. »Aber dein Hausfreund in spe«, sage ich. »Du weißt genau, dass ich das nicht verstehe«, sagt sie. »Wie alt bist du?«, frage ich. »Weiß ich nicht«, sagt sie. »Weißt du wohl«, sage ich. »Weiß ich nicht«, sagt sie. »Sag es mir.« »Du bist zweiundsiebzig.« »Das ist noch nicht so alt. Wie alt war Winston Churchill?« »Wann?«, frage ich. »Du meinst wohl, du bist mir über, Graham Whittaker«, sagt sie. »Aber eins kann ich dir sagen: Bei Frank funktioniert mein Gedächtnis viel besser. Er hat mit mir über die Wirtschaft gesprochen. Und du liegst ganz falsch.« »Wie das denn?«, frage ich. »Das weiß ich nicht mehr genau, aber so ist es. Weil du alles auf die Regierung schiebst. Frank sagt, die Schwarzen sind schuld.« Ich habe nichts gesagt, bin bloß nach oben gegangen.

Als ich wieder runterkomme, sitzt sie da immer noch in Hut und Mantel. Ich frage: »Willst du ihm einen Teewärmer stricken?« Und sie sagt: »Ich glaube nicht, dass er der Typ für Teewärmer ist. Als ich ihn damals kennenlernte, hatte er ein Motorrad mit Beiwagen. Außerdem sind wir schon über die Teewärmer-Phase hinaus.« »Wie meinst du das denn?«, frage ich. »Graham«, sagt sie. »Am wichtigsten im Leben ist mir, dass du glücklich bist. Wenn ich glaubte, es würde dich glücklich machen, dass ich tot bin, dann würde ich sterben.« »Mutter«, sage ich, »dein Tod würde mich ganz und gar nicht glücklich machen. Im Gegenteil. Unglücklich. Und überhaupt, Mutter, du wirst nicht sterben.« »Nein«, sagt sie. »Ich werde nicht sterben. Ich werde heiraten. Und die Flitterwochen verbringen wir auf Teneriffa. Nimm eine von deinen Tabletten.«

Sie machte Tee. »Wie kannst du denn nach Teneriffa wollen, wenn du in Scarborough schon vor Hitze vergehst?«, frage ich. »Es ist ein Vier-Sterne-Hotel mit 1a-Klimaanlage«, sagt sie, »und das Frühstück holt man sich von so einem langen Tisch.« »Und was ist mit deiner Verdauung?«, frage ich. »Was soll mit meiner Verdauung sein?« »Na, du hast gesagt, sie ist schon in Morecambe unberechenbar. Was soll da erst auf den Kanarischen Inseln werden?« »Wer redet denn von den Kanarischen Inseln?«, fragt sie. »Wir fahren nach Teneriffa.« »Und was ist nach Teneriffa?«, frage ich. »Wo wollt ihr dann leben?« »Hier«, sagt sie. »Frank sagt, er wird gelegentlich auf Geschäftsreisen müssen, aber er möchte gern hier zu Hause sein.« »Und was ist mit mir?«, fragte ich. Sie ging in die Küche. »Wir haben überlegt, ob du nicht lieber wieder in dieses Wohnheim ziehen würdest. Da warst du doch ganz glücklich. Du hast alle möglichen Leute getroffen.« Ich sagte: »Mama. Das hier ist mein Zuhause.« Sie sagte: »Ein Mann in deinem Alter sollte nicht mehr mit seiner Mutter zusammenleben, sagt Frank. Hast du deine Tablette genommen?«

Jetzt ist es vier Uhr morgens, und ich kann nicht schlafen. Draußen parkt ein Auto. Ich kann es nicht sehen, aber ich glaube, es sitzt jemand darin, der uns beobachtet, wie früher schon mal. Ich dachte, das Kapitel sei abgeschlossen.

SCHWARZBLENDE.

Aufblenden zu Graham, der auf einem Stuhl sitzt. Abend.

Heute Morgen bin ich ins Gesundheitszentrum gegangen, zur Gemeindesprechstunde. Da kann jeder hin, mit jedem Anliegen. Steve, der die Sprechstunde betreut, ist absolut gegen den »Ghetto-Ansatz«, wie er das nennt. Er möchte lieber eine schöne Mischung von Charakteren, weil das der fruchtbarste Weg ist, Probleme zu lösen, und ganz allgemein auch ein besseres Abbild unserer Gesellschaft darstellt. Der Kaffee fließt ohne Ende, »die Räder schmieren« nennt Steve das, und wir sind alle aufgefordert, unsere Probleme auf den Tisch zu legen und überhaupt unser Herz auszuschütten. Manchmal fühle ich mich ein bisschen fehl am Platz, weil ich nie so ein richtiges Problem habe, als Steve also diesmal fragt: »Na dann, Freunde und Freundinnen, wer bringt den Ball heute ins Rollen?«, da ergreife ich schnell die Gelegenheit und erzähle ihnen von Mutter und Mr. Turnbull. Als ich fertig bin, sagt Steve: »Danke, Graham, dass du dein Problem mit uns teilst. Möchte irgendwer was dazu sagen?«

Als Erster meldet sich Leonard. Er überlegt, ob Graham noch nicht so richtig bewusst geworden sei, dass auch ältere Menschen sich verlieben und ernsthafte Beziehungen haben können, genau wie jüngere. Von Leonard ist so eine Äußerung verständlich, er ist nämlich fünfundsechzig, aber ernsthafte Beziehungen hat er keine. Er wurde angezeigt, weil er sich am Eingang vom Sainsbury's entblößt hat. Wie sagte Mutter? »Bei Tesco hätte man es ja noch verstehen können.«

Dann schaltet sich Janice ein. »Haben sie schon Geschlechtsverkehr gehabt?« Ich sage, darüber möchte ich nicht nachdenken. »Warum nicht?«, fragt Steve. Ich sage, das weiß ich nicht. Da sagt er: »Vielleicht sollten wir uns darüber unterhalten, wieso Graham nichts vom Geschlechtsverkehr wissen will.« Ich sagte: »Steve. Ich habe nichts gegen Geschlechtsverkehr. Sie ist meine Mutter.« Jackie, die zu neun Zehnteln lesbisch ist, meinte: »Graham. Sie ist außerdem eine Frau.« Ich konnte es nicht fassen. »Jackie«, sagte ich. »Ich dachte, du als geprügelte ehemalige Ehefrau lehnst die Ehe ab.« »Graham«, sagte sie. »Nicht die liebevolle Ehe.« »Jackie«, sagte ich. »Das ist keine liebevolle Ehe.« »Graham«, sagte sie. »Und was ist mit Teneriffa? Das ist doch Liebe. Ich habe bloß ein blaues Auge und einen Tagesausflug nach Fleetwood gekriegt.« Und dann geht es los. Alle auf Graham. Am Ende fasst Steve zusammen: »Die Gruppe hat im Allgemeinen das Gefühl, Graham könnte ein bisschen offener sein.« »Wie kann ich offener sein?«, sagte ich. »Vor unserem Haus steht jemand und beobachtet uns.« Darüber wollte ich gern diskutieren, aber da ging Leonard dazwischen, der das dringende Bedürfnis hatte, über einen Vorfall hinterm Baumarkt zu reden. Ich hielt noch ein bisschen durch und ging dann nach Hause.

Mutter saß im Wohnzimmer, total aufgedonnert. Ohrringe drin, Chiffonschal, dick geschminkt. Sie sagte: »Ach, ich dachte, du wärst Mr. Turnbull.« »Nein«, sagte ich. Sie sagt: »Ich gehe mal schnell auf Toilette.« In den nächsten zehn Minuten geht sie noch drei Mal. Ich frage: »Du willst doch nicht heute heiraten, oder?« »Nein«, sagt sie. »In Bingley hat ein neuer Asda Superstore aufgemacht, und wir dachten uns, den schauen wir mal an. Frank sagt, sie haben eine sehr gute Auswahl an Sonnencremes.« Ich sagte: »Mutter, jemand beobachtet unser Haus.« Sie sagte: »Ich brauche noch Papiertaschentücher, und Frank sucht ein Fensterleder für seine Windschutzscheibe. Er hat mir was zu essen versprochen, was Cheeseburger heißt, zu dem ganzen Komplex gehört auch ein Schnellrestaurant.«

In dem Moment hört man kurzes Hupen, und sie rennt wieder zur Toilette. »Geh nicht«, sage ich. »Verlass mich nicht, Mama.« »Von dir lasse ich mich nicht erpressen, du bist erwachsen. Sieht man meinen Unterrock?« Er hupt noch mal. »Guck dir deine Zeitschriften an«, sagt sie, »mach dir ein pochiertes Ei.« »Mama«, sage ich. »Es ist auch noch das bisschen Huhn im Kühlschrank«, sagt sie. »Und du könntest die beiden Unterhemden bügeln. Nimm eine Tablette. Gib mir einen Kuss. Tschüsschen.«

Ich dachte mir, ich setze mich ins Hinterzimmer, wo mich keiner sehen kann. Ich habe die Vorhänge zugezogen, sitze im Dunkeln und glaube, es klopft an der Haustür. Ich rühre mich nicht, und es klopft noch einmal. Lauter. Ich mache genau, was Doktor Chaudhury sagt, sage mir, dass es gar nicht passiert ist, ist es aber. Jemand ruft durch den Briefkasten: »Ich weiß, dass Sie da drin sind. Machen Sie die Tür auf.« Also mache ich auf. Und da ist tatsächlich jemand. Eine Frau.

Sie fragt: »Sind Sie der Sohn?« Ich sage: »Wie bitte?« Sie fragt noch mal: »Sind Sie der Sohn? Ich bin die Tochter.« Ich frage: »Haben Sie das Haus beobachtet?« Sie sagt: »Immer mal wieder. Wieso?« »Ach nichts«, sage ich. »Ich weiß gar nicht, was es da so pikiert zu gucken gibt«, sagt sie. »Dann kommen Sie mal rein«, sage ich.

SCHWARZBLENDE.

Aufblenden auf Graham, der gerade eine Zeitschrift auf den Kleiderschrank schiebt. Er setzt sich in den Sessel. Nacht.

Es ist neun Uhr, als ich draußen das Auto höre. Ich sehe fern. »Ach, hallo«, sage ich. »Hattest du einen schönen Tag?« »Ja, danke«, sagt sie. »Ja, hatten wir.« »Und hast du deine Sonnencreme bekommen?« »Was für eine Sonnencreme?«, fragt sie. »Du wolltest dir doch Sonnencreme kaufen. Egal. Hast du vergessen. Wie geht es Mr. Turnbull?« »Frank? Dem geht es gut.« Sie legt ab. »Ich bin sicher, du würdest ihn mögen, Graham, wenn du ihn besser kennenlernen würdest.« »Dann hättest du ihn mit reinbringen sollen«, sage ich. »Mache ich nächstes Mal. Wäre doch nett, wenn wir auch mal was zu dritt unternehmen könnten. Was hast du gemacht?« »Nichts. Bloß hier gesessen.« »Alles in Ordnung?« »M-hm.«

»Siehst du«, sagt sie, »es war niemand draußen.« »Oh doch«, sage ich. »Da war jemand.« Sie sagt: »Ach, Graham. Hast du deine Tablette genommen? Nimm eine Tablette.« »Ich will keine Tablette. Ich werde dir sagen, wer draußen gestanden hat. Mrs. Pamela Musgrave.« »Wer ist das denn?«, fragt sie. »Geborene Turnbull. Die Tochter deines zukünftigen Gatten.« Sie sagt: »Er hat keine Tochter. Er hat einen Sohn, der im Süden lebt. Er hat keine Tochter«, sagt sie, »das denkst du dir doch alles aus, nimm eine Tablette.« Ich sage: »Gar nichts denke ich mir aus. Und noch was: Es gibt eine Mrs. Turnbull.« »Gibt es nicht«, sagt sie. »Die ist tot. Ich gehe jetzt auf Toilette.« »Sie ist nicht tot«, sage ich. »Sie sitzt im Rollstuhl und hat ein gebrochenes Herz. Er hat dich an der Nase herumgeführt.«

Nach kurzer Zeit kommt sie wieder heraus. »Das erzählst du doch alles bloß.« »Die Nummer steht auf dem Telefonblock. Ruf an. Sie ist behindert, seine Frau. Schon seit zehn Jahren. Ihre Tochter kümmert sich um sie. Du bist nicht die Erste. Er macht das dauernd. Mit einer Frau wollte er nach Barbados. Jemand hat euch an der Bolton Abbey zusammen gesehen. Jemand, der es gut meint. Teneriffa!«

Später brachte ich ihr eine Tasse Tee. Sie hatte geweint. Sie sagte: »Ich habe mir dieses Bettjäckchen gekauft.« Ich sage: »Es tut mir leid, Mama.« »Er war ganz in Ordnung«, sagt sie. »Was kann man in meinem Alter schon noch erwarten? Wie alt bin ich?« »Zweiundsiebzig.« »Mein Alter … Bei ihm konnte ich mich immer daran erinnern. Bei dir kann ich es nie.« »Es tut mir leid«, sage ich. »Tut es nicht«, sagt sie. »Wieso sollte es dir leid tun? Du konntest ihn doch nicht leiden.« »Er war nicht gut genug für dich«, sage ich. »Das kann ich ja wohl am besten beurteilen«, sagt sie. »Er war gut gekleidet, was man von dir nicht behaupten kann.« Und dann fängt sie wieder an zu weinen. »Ich verstehe schon, Mama«, sage ich. »Du verstehst gar nichts«, sagt sie. »Was kannst du schon verstehen, du bist doch nicht normal.« Ich sage: »Ich gehe ins Bett.«

Kurz darauf kommt sie aus ihrer Zimmertür und ruft: »Du meinst, du bist mir über, Graham Whittaker. Bist du aber nicht. Ich bin dir über.« Ich sage: »Geh wieder ins Bett.« Sie sagt: »Ich weiß, was du für Zeitschriften liest.« »Über Schach«, sage ich. »Du wirst dich erkälten.« »Schach? Niemals«, sagt sie. »Schach ohne Kleider, was? Nacktschach. Die Sorte Schach. Schach mit Männern.« Ich sage: »Geh ins Bett. Und schalte deine Heizdecke aus.«

Pause.

Am nächsten Tag ist alles in schönster Ordnung. Alles vergessen. Jedenfalls erwähnt sie es mit keinem Wort, nur als wir gerade aus dem Haus treten, sagt sie: »Ich liebe dich wirklich, Graham.« Und ich sage: »Ich liebe dich auch.« Sie sagt: »Außerdem hatte er ein Hörgerät. Was steht denn heute auf dem Plan?« »Ich dachte, wir machen einen kleinen Ausflug nach Ripon«, sage ich. »Ach ja, Ripon«, sagt sie. »Das ist nett. Wir könnten uns die Kathedrale ansehen. Du und ich, wir mögen doch alte Bauwerke, was?«

Dann hakt sie sich bei mir unter.

AUSBLENDEN.

Ein Bett zwischen Linsen

Susan ist Pfarrersfrau. Sie ist dünn, nervös und raucht wahrscheinlich. Sie sitzt auf einem Stuhl in der Küche. Es ist Abend.

Geoffrey ist schon schlimm genug, aber was bin ich froh, dass ich nicht mit Jesus verheiratet war. Die Lesung aus dem Evangelium heute drehte sich um diese Sache im Garten Gethsemane, wo Jesus betet und die Jünger ständig einschlafen. Er weckt sie auf und sagt: »Könnt ihr denn nicht eine Stunde mit mir wachen?« Ganz meine Mutter.

Heute Morgen habe ich verschlafen, mir nur schnell eine Strickjacke übergeworfen und bin angekommen, als gerade alle aufstanden. Es gab Abendmahl, also waren die Militanten in voller Stärke aufgelaufen, wobei die Eiseskälte in der Seitenkapelle den Reiz sicher noch erhöht hat.

Geoffrey legte mit einer Entschuldigung dafür los, dass er die Kirche nicht abgetaut hat. (Leise Heiterkeit.) Mr. Medlicott habe Gürtelrose, erklärte Geoffrey, und wie jeder weiß, weigert er sich hartnäckig, uns Normalsterbliche in die Geheimnisse des Heizkessels einzuweihen. (Verlegenes Gelächter.)

Mrs. Belcher las aus dem Evangelium. Mr. Belcher ging mit dem Kollektenteller herum. »Großer Tag für Sie heute«, sagte ich hinterher zu ihnen.

Die Predigt drehte sich um Sex. Ich bin tatsächlich nicht eingenickt, obwohl ich sie schon mal gehört hatte. Ehe ist die Lizenz zum Sex, lautet der ungefähre Tenor, und auch wenn Sex ganz und gar nicht Sinn und Zweck und einziger Inhalt der Ehe ist (das kannst du laut sagen), so ist er doch die höchste Freude des ehelichen Lebens und ein Symbol unserer Beziehung zu Gott. Wenn wir also unser Geld auf den Teller legen, schlussfolgert Geoffrey, so steht es als Zeichen für alles in unserem Leben, was wir Gott darbringen, und dazu gehört auch unsere Sexualität. Ich konnte bloß 10 Pence finden.

Als ich beim folgenden Lied über die Predigt nachdachte, verspürte ich Mitleid mit der Gottheit, die mit all diesem Sex beschenkt wird. Sicher kein Spaß, die seltenen vertrockneten Zusammenkünfte dargeboten zu bekommen, die zwischen mir und Geoffrey vorkommen. Oder die entsetzlichen Kollisionen der beiden Belchers. Ganz zu schweigen vom verschämten Gefummel, das sich zwischen Miss Budd und Miss Bantock abspielt. »Es ist in Ordnung, wenn wir es Gott darbieten, Alice.« »Wenn du das sagst, Pauline.«

Erstaunliche Szenen spielten sich an der Kirchentür ab. Geoffrey hatte verkündet, der Bischof würde uns nach Ostern einen Besuch abstatten, der Fanclub sprang also im Dreieck, Miss Frobisher ging sogar so weit, mir den Ellbogen zu drücken. Geoffrey stand derweil im kräftigen Wind, der seine Soutane bauschte und sein Haar zerzauste; das *Who is who* der Diözese Ripon nennt das »sein jungenhaft gutes Aussehen«. Ich half, die Gesangbücher einzusammeln, während er seine Nummer »Unterm Talar bin ich ein Mann wie jeder andere« abzog. »So ein Energiebündel«, sagte Mrs. Belcher, »er rückt unsere Gemeinde endlich mal ins rechte Licht.« »Ganz genau«, sprudelt es aus Mrs. Shrubsole heraus, die mich anschaut. »Wir müssen ihn in Ehren halten.«

Wir kamen nach Hause, und ich hielt ihn mit Hühnerflügeln in Thunfischsoße in Ehren. »Das kam doch gut an«, sagte er. »Was denn?«, fragte ich. »Die Hühnerflügel?« »Meine Predigt«, sagte er. »Ich hatte das Gefühl, den Nagel auf den Kopf getroffen zu haben.« Er legte seine Hand auf meine, weil er wohl hoffte, wenn er schon einen Nagel getroffen habe, könnte er gleich noch einen einschlagen, aber ich sagte, ich müsse den Gemeindebrief austragen. »Braves Mädchen«, sagte er. »Dann mache ich mich stattdessen an meinen Papierkram.«

Belebte Straßen. Sonntagnachmittag. Familienausflüge. Man schiebt den Kinderwagen, führt den Hund aus. Leben. Allmächtiger Gott, zu dem sich alle Herzen öffnen, dem kein Geheimnis verborgen bleibt, reinige die Gedanken unseres Herzens durch Eingebung Deines Heiligen Geistes, auf dass wir Dich vollkommener lieben und Deinen herrlichen Namen würdiger preisen können und unseren Sonntagnachmittag nicht auf einem Parkplatz an der Umgehungsstraße verbringen und uns fragen müssen, was aus unserem Leben geworden ist.

Als ich zurückkam, wollte Geoffrey gerade zur Abendandacht, würde ich mitkommen? Als ich Nein sagte, fragte er nach: »Wirklich nicht? Dann tue ich lieber so, als hättest du Kopfschmerzen.«

Warum? Eins der ungelösten Rätsel des Lebens, oder jedenfalls meines Lebens, ist die Frage, wieso man von einer Pfarrersfrau erwartet, dass sie überhaupt in die Kirche geht. Die Frau eines Rechtsanwalts muss nicht ins Gericht, die Frau eines Schauspielers muss sich nicht jede Vorstellung ansehen, warum muss ich also ständig Präsenz zeigen? Ganz zu schweigen von der allgemeinen Frage, ob man überhaupt an Gott glaubt. Es wird von einer Pfarrersfrau einfach angenommen, aber die Frage wird nie gestellt, jedenfalls nicht von Geoffrey. Ich verstehe natürlich auch, wieso nicht. Wenn man mich so ansieht, die schlaffen Haare, die flache Brust, das schwache Lächeln, dann meint man gleich, ich bin wie für Gott gemacht. Bin ich ja vielleicht auch. Aber ich würde trotzdem gern vorher gefragt. Nicht, dass es darauf ankommt. Solange man einen anständigen Weihnachtsbasar organisieren kann, darf man glauben, was man will.

Könnte sein, dass Geoffrey selbst gar nicht an Gott glaubt. Ich wollte ihn schon immer mal fragen, aber das Thema Gott wird nie angeschnitten. »Geoffrey«, würde ich sagen. »Ja, Susan?« »Glaubst du wirklich an Gott? Ich meine, mal ehrlich, Karten auf den Tisch: doch nicht wirklich, oder? Gott ist auch nur ein Job wie jeder andere. Irgendwo muss das Geld ja herkommen.« Aber nein. Kein Wort. Über das Thema wird nie gesprochen.

Als er gegangen war, stellte ich fest, dass uns der Sherry ausgegangen war, also bin ich gerade noch mal zum Spirituosenladen. Die Frau hat mich bedient. Hat nicht mal gelächelt. Kann ich mir gar nicht erklären. Ich lasse wahrlich genug Geld hier.

SCHWARZBLENDE.

Aufblenden auf Susan auf den Stufen der Seitenkapelle, wo sie einen Kerzenständer poliert. Nachmittag.

Wir sprachen über Frauenordination. Der Bischof fragte mich, was ich davon hielte. Sollten auch Frauen Gottesdienste halten dürfen? Solange ich es nicht muss, wollte ich sagen, können es von mir aus auch dressierte Gorillas machen. »Aber ja«, schiebt Geoffrey ein, »Susan ist sehr dafür. Sogar noch mehr als ich, nicht wahr, Liebling?« »Möchte noch jemand Rosenkohl?«, fragte ich.

Ziemlich jung für einen Bischof, aber an der Universität war er ein prominenter Sportsmann, das wäre eine Erklärung. Boxen oder Rugby. Jedenfalls hat er sich irgendwann die Nase gebrochen. Einer von der Abteilung ›Christentum ist gesunder Menschenverstand‹. Sein Hobby ist offenbar die Maurerei, und er redet mich die ganze Zeit mit »Frau Pfarrer« an. Möchte Bier zum Mittagessen, Geoffrey tut es ihm nach, also bleibt der Wein für mich. Geoffrey schwänzelt die ganze Zeit um ihn herum, weil es heißt, er sei auf der Suche nach einem neuen Erzdiakon. Will von Geoffrey wissen, wie kontaktfreudig ich bin. Benutzt sogar das Wort: »Wie kontaktfreudig ist Frau Pfarrer?« Herr Pfarrer gibt ihm einen kurzen Abriss meiner Leistungen und meines strapaziösen Tagesablaufs. Einen typischen Tag beginne ich offenbar mit einem Reifenwechsel am Fiesta, dann eile ich ans Krankenlager einer sterbenden Rentnerin, es folgt das Arrangement der Altarblumen, und nachdem ich unterwegs zahllosen Gemeindemitgliedern warme Worte und mildes Mitgefühl verabreicht habe, runde ich den ereignisreichen Vormittag mit dem Ausfahren von ›Essen auf Rädern‹ ab ... dabei finde ich irgendwie – »und das ist für mich wirklich das Wunder«, sagt Geoffrey – sogar noch die Zeit, »ein köstliches Mittagessen auf den Tisch zu zaubern«, auch wenn diese Wundergeschichte von der labbrigen Lasagne untergraben wird, an der wir gerade sitzen. »Frauen«, sagt der Bischof. »Wo wären wir ohne sie?«

Die Katastrophe kommt erst, als ich die Dosenpfirsiche serviere: Der Krug, in den ich die Kondensmilch dekantiert habe, wird umgestoßen, möglicherweise von mir. Es gehört ja zu Geoffreys Berufsbild, die andere Wange hinzuhalten, also behauptete er, sein Ellbogen sei dagegengestoßen, seine Lordschaft vertritt die gleiche Linie und gibt an, praktisch jeden Tag mit Kondensmilch übergossen zu werden. Aber als ich einen Wischlappen hole und seine Schuhe abwische, merke ich, dass er mir so einen komischen Blick zuwirft. Maria Magdalena und die Niveacreme mal wieder. Nach dem Essen sollte Geoffrey ihn durch die Gemeinde führen, aber bei einer Tasse löslichem Kaffee fasst er sich an die Schläfe und erinnert sich plötzlich, dass er nach Keighley muss, um eine Dampflokomotive zu segnen.

Als wir den Geschirrspüler befüllen, frage ich Geoffrey, was er glaubt, wie es gelaufen sei. Weiß er nicht. »Daumen drücken«, sage ich. »Ich denke, wir könnten etwas Konstruktiveres tun«, sagt er knapp und geht seine Wunden lecken. Ich sitze einen Augenblick am großen alten Herd der Pfarrküche, und als ich einnicke, geht mir auf, dass er mit »etwas Konstruktives« wahrscheinlich Beten meint.

Als ich wieder aufwache, liegt ein Zettel von Geoffrey auf dem Tisch. »Bin zum Frauenbibelkreis. Geh ins Bett.« Ich bin gar nicht müde, außerdem gehen unsere Sherryvorräte zur Neige, also fahre ich mit dem Auto nach Leeds. Ich gehe nicht mehr in den Laden um die Ecke, weil ich dort inzwischen Schulden habe und die Bedienung immer so mürrisch aussieht. Hinter dem Krankenhaus habe ich einen kleinen indischen Eckladen entdeckt. Eigentlich ein Zeitungshändler, aber er verkauft auch Getränke und alles Mögliche, wie sie das eben so machen. Bis spätabends offen, auch sonntags, ideal für mich. Ramesh heißt er. Ich nenne ihn Mr. Ramesh, obwohl Ramesh auch sein Taufname sein könnte, das heißt, getauft ist er natürlich nicht. Ich war jetzt ein oder zwei Mal da, aber diesmal führt er mich ins Hinterzimmer, setzt mich auf einen Sack mit irgendwas und fängt an zu reden. An der Wand steht eine kleine Statue von einem Gott. Einem Gott. Nicht Dem Gott. Unbestimmter Artikel. Offenbar einer von mehreren Tausend. »Kann man nie genug von haben«, sagte ich, aber das verstand er nicht. Sieht auf jeden Fall lustiger aus als Jesus. Dann zeigt er mir Bilder von anderen Göttern, die alles Mögliche anstellen. Ich sagte: »Diese Dame sieht ja sehr beschäftigt aus. Ist das Yoga?« Und er antwortet: »Yoga hilft dabei.« Er selbst ist anscheinend auch sehr sportlich – und verheiratet, aber seine Frau ist erst so um die vierzehn, darum lässt man sie nicht einreisen. Er nennt mich Frau Pfarrer, aber bei ihm ist es was anderes. Er hat sehr schöne Zähne.

Schwarzblende.

Aufblenden auf Susan neben dem Herd.
Morgen.

Es gab mal Zeiten, da hatte ich mein ganzes Leben durchgeplant … oder jedenfalls die Hälfte. Über den ersten Teil war ich mir nicht genau im Klaren, aber spätestens mit fünfzig würde ich eine wunderbare Frau werden … Arztfrau oder Pfarrersfrau, Vorsitzende des Kirchenvorstandes, eine tragende Säule der Landfrauengruppe. Eine weise, witzige und letztendlich weißhaarige Dame, die immer auf eigenen Füßen gestanden hat, bis sie eines Tages mit achtzig aus der öffentlichen Bibliothek tritt, unter dem Gewicht ihrer Bücher einknickt, sich die Hüfte bricht und friedlich, ohne Inkontinenz und Aufsehen, unter einer schneeweißen Bettdecke im Landkrankenhaus verstirbt. Und wenn die Menschen an einem strahlenden Winternachmittag von ihrer Beerdigung auf einem ländlichen Friedhof kämen, würden sie sagen: »Sie war wirklich eine wundervolle Frau.«

Wäre es mir mit diesem Vorhaben ernst gewesen, hätte ich mich vielleicht darum gekümmert, die dafür notwendigen Fähigkeiten zu erwerben. Wie man Marmelade so kocht, dass sie nach dem Siedepunkt glatt den Löffel überzieht; wie man einen Biskuitteig so rührt, dass der fertige Kuchen zartem Fingerdruck federnd nachgibt; wie man eine erfolgreiche Gartenparty plant und ausrichtet. Lauter Waffen im Arsenal einer aufrechten anglikanischen Dame. Ich aber kann nichts davon. Selbst für Blumengestecke stelle ich mich zu dumm an. Eigentlich müsste ich schon einen Doktortitel erworben haben, so viele Kurse habe ich dazu belegt, aber meine Bemühungen wirken immer noch so kunstvoll wie Schirme im Schirmständer. Es ist wohl eine Frage des Temperaments. Und das fehlt mir. Wenn Sie glauben, Squash sei ein Wettkampfsport, dann versuchen Sie es mal mit Blumenarrangements.

An diesem Morgen sieht der Plan vor, dass Miss Frobisher und Mrs. Belcher die Seitenschiffe dekorieren, Mrs. Shrubsole und ich Altar und Lesepult. Nach meiner ganz ehrlichen Meinung, die ich natürlich niemals äußere, würde man, wenn es einem wirklich ernst ist mit der Religion, die Blumengestecke einfach streichen, ein paar dauerhafte Plastiksträuße erwerben und das gesparte Geld der gerade aktuellen Hungerkatastrophe zugutekommen lassen. Aber nein, am Vormittag trotte ich mit ein paar kraftlosen Chrysanthemen zur Kirche hinüber. Sie sehen aus, als könnten sie dringend etwas zu trinken gebrauchen, also schaue ich in der Sakristei vorbei und suche eine Vase, da, wo Geoffrey den Messwein aufbewahrt.

Mir bedeutet es ja nicht gar so viel, aber ich hatte angenommen, ich würde den Altar machen und Mrs. Shrubsole das Lesepult, doch als ich aus der Sakristei komme, ist Mrs. S. schon schwer mit ihrer Altardekoration beschäftigt. »Ich dachte, ich mache den Altar«, sagte ich. »Nein«, sagte sie. »Ich glaube, Mrs. Belcher kann das bestätigen. Ich bin mit dem Altar dran. Sie machen das Lesepult. Warum?« Sie lächelte süßlich. »Haben Sie eine besondere Vorliebe?« Mit Vorliebe würde ich ihr die Chrysanthemen in die Nase rammen, aber ich praktiziere christliche Nächstenliebe und stelle sie stattdessen neben dem Lesepult in eine Vase. Wie eigentlich alle meine Sträuße sehen sie aus wie Zeltstangen, also versuche ich Mrs. Belcher ein bisschen Füllmaterial abzuschwatzen. »Brauchen Sie das noch?«, frage ich und nehme mir ein paar bräunliche Farnblätter. »Auf jeden Fall. Ich brauche jedes Blatt von meinen Spirea. Die geben dem Gesteck Körper.« Ich gehe zu Miss Frobisher, ob ich bei ihr vielleicht ein bisschen Grünzeug erbetteln kann, aber sie hat so etwas Japanisches in Arbeit, die Vase sieht aus wie ein Reagenzglas und ist halb mit Kieseln gefüllt, darin erstickt sie eine einsame Nelke. Ich ziehe mich also in die Sakristei zurück, um meine strapazierten Nerven zu beruhigen, und als ich wieder herauskomme, um mich meinen Chrysanthemen zu widmen, hat Mrs. Shrubsole ihr Werk offenbar beendet und die anderen beiden herbeigeholt, damit sie es bewundern. Ich geselle mich dazu.

Nun ja, es ist vor allem Braun; Buchenblätter, Karden, Grasrispen, diese Richtung. Mrs. Shrubsole sagt: »Es heißt Waldgeflüster. Damit habe ich letztes Jahr bei der Blumenschau in Harrogate eine *Besondere Empfehlung* bekommen. Was meint ihr?« Frobisher und Belcher sind natürlich sprachlos vor Bewunderung, aber als ich zaghaft vorschlage, dass es noch besser aussähe, wenn sie die herumliegenden Krümel wegräumte, fragt sie: »Welche Krümel?« »Na, diese ganzen Eicheln und Tannenzapfen und was weiß ich. Wozu dient diese Kastanie zum Beispiel?« »Lassen Sie das liegen«, sagt sie. »Das ist der Dreh- und Angelpunkt des gesamten Arrangements.« »Dreh- und Angelpunkt?«, frage ich. »Als der Preisrichter meine Arbeit charakterisierte, hat er vor allem meine Nachahmung des Waldbodens gelobt.« »Mrs. Shrubsole«, sage ich. »Das hier ist der Altar der Kirche St. Michael. Und nicht *Der Wind in den Weiden.*« Mrs. Belcher sagt: »Ich glaube, Sie sollten sich hinsetzen.« »Ich will mich aber nicht hinsetzen«, sage ich. »Ist ja schön und gut, den Altar in eine Bambi-Kulisse zu verwandeln, aber vergessen Sie nicht, dass dieser Altar für den Pfarrer Arbeitsfläche ist. Außerdem: Sollte der Pfarrer sich zum Beten hinknien, was durchaus vorkommen kann, es ist schließlich sein Altar, dann wird er höchstwahrscheinlich eine dieser stachligen Kardenähren ins Auge bekommen. Das ist kein Blumenschmuck, sondern eine tödliche Falle. Ein Sicherheitsrisiko.« Einen großartigen Geistesblitz bringe ich noch an: »Eigentlich sollte es *Waldgefahr* heißen. Wenn ich das mal demonstrieren dürfte.« Und ich will mich gerade hinknien, um ihnen zu beweisen, wie tödlich ihr verdammtes Waldgeflüster ist; aber ich muss wohl ausgerutscht sein, denn auf einmal purzele ich die Altarstufen hinunter und schlage mit dem Kopf gegen die Abendmahlsschranke.

Mrs. Shrubsole, Mitglied in allen der Menschheit bekannten Organisationen, also auch bei den Johannitern, will mich am Boden liegen lassen, während Mrs. Belcher dafür ist, mich auf einen Stuhl zu setzen. »Wenn man sie liegen lässt«, sagt Mrs. Belcher, »dann ersticken sie an ihrem Erbrochenen. Passiert ständig, Veronica.« »Aber nur, wenn sie auch erbrochen haben, Muriel«, sagt Mrs. Shrubsole. »Sie hat nicht erbrochen.« »Nein«, sage ich, »werde ich aber, wenn ich mir dieses Gerede noch länger anhören muss«, und ich versuche aufzustehen. »Ist das Blut, Veronica?«, fragt Mrs. Belcher und zeigt auf meinen Kopf. »Nun ja« – Mrs. Shrubsole akzeptiert auch in nichtmedizinischen Fragen nur äußerst ungern Mrs. Belchers Diagnose – »das könnte wohl sein. Was wir jetzt brauchen, ist heißer, gesüßter Tee.« »Ich dachte, diese Theorie sei inzwischen widerlegt«, sagt Mrs. Belcher. Widerlegt oder nicht, Miss Frobisher fängt jedenfalls an, nach einem Teebeutel zu fahnden, und ruft nebenbei Gott und die Welt an, wie sich herausstellt, um Geoffreys Verbleib zu erkunden. Er ist in York, wo er an der regelmäßigen überkonfessionellen Konferenz teilnimmt, zur Rolle der Kirche in irgendeinem noch nicht kolonisierten Lebensbereich – vielleicht Fußbodenheizung? Er eilt nach Hause, weil er mich an des Todes Schwelle wähnt, und als er mich dort nicht findet, hat er nichts Konstruktiveres vorzuschlagen als ein Nickerchen.

Damit gibt er dem Fanclub grünes Licht, ins Pfarrhaus vorzudringen, wo sie endlos Tee und dem Pfarrer ein Mittagessen kochen und ihn, wie er sich ausdrückt, »schamlos verwöhnen«. Da er ihnen so auch gestattet, eine genaue Untersuchung der Haushaltsorganisation beziehungsweise des Fehlens derselben vorzunehmen (»Wo bewahrt sie wohl die Topfschwämme auf, Herr Pfarrer?«), amüsieren sich alle prächtig. Emily Brontë wird derweil aufs Sofa gebettet, um vor sich hin zu dösen.

Ich komme wieder zu mir, als ich Geoffrey sagen höre: »Mrs. Shrubsole geht jetzt, Liebling.« Ich stehe nicht auf. Ich öffne nicht einmal die Augen. Ich winke nur und sage, »Auf Wiedersehen, Mrs. Shrubsole.« Als ich jedoch beim Einnicken darüber nachdenke, fällt mir auf, dass ich womöglich »Auf Wiedersehen, Mrs. Subsoil« gesagt habe. Eigentlich wollte ich was anderes sagen: Shrubsoil.

Als ich wieder aufwachte, war es dunkel und Geoffrey nicht mehr da. Im Schrank war absolut nichts zu finden, also stieg ich ins Auto und fuhr nach Leeds. Ich saß eine Weile im Laden herum und sagte nicht viel. Dann wurde mir ein bisschen blümerant, und Mr. Ramesh ließ mich ins Hinterzimmer, damit ich mich hinlegen konnte. Da muss ich wieder eingenickt sein, denn als ich aufwachte, war Mr. Ramesh hereingekommen und hatte angefangen, sich auszuziehen. Ich fragte: »Was machen Sie da? Was ist mit dem Laden?« »Machen Sie sich keine Gedanken um den Laden«, sagte er. »Den habe ich zugemacht.« »Aber es ist doch erst neun«, sagte ich. »Sie machen erst um elf zu.« »Heute früher«, sagte er. »Aber was ist denn heute?«, fragte ich. »Eine einmalige Gelegenheit«, sagte er. »Ein Glückstreffer. Würden Sie bitte Ihre Kleider ablegen.« Das tat ich.

Schwarzblende.

Aufblenden auf Susan, die in der Sakristei sitzt und eine Zigarette raucht. Nachmittag.

Man sieht nie Bilder von Jesus, auf denen er lächelt, oder? Das habe ich Geoffrey gegenüber mal erwähnt. »Gut beobachtet, Susan«, sagte er dazu, und sofort wünschte ich mir, ich hätte nichts gesagt. Er meinte, ich sollte mir den Heiland als nach innen lächelnd vorstellen, denn nach Geoffreys Lehre hat Jesus, da er zum Menschen wurde, genau so gelächelt, gelacht und alles andere getan wie wir. »Meinst du, er hat je gegrinst?«, fragte ich, worauf Geoffrey plötzlich einfiel, dass er in fünf Minuten jemanden beerdigen musste, und er sich absetzte.

Wenn Jesus ganz Mensch geworden ist, dann würde ich mir wünschen, dass man auf den Darstellungen mehr davon sehen könnte. Gestern saß ich in der Kirche und rang mit dieser theologischen Frage, als mir auffiel, dass irgendwas mit Geoffrey passiert sein musste. Der Gottesdienst hätte schon längst beginnen sollen, aber er ist immer noch in der Sakristei. Mr. Bland überbrückt die Verzögerung mit erhebenden Orgelklängen, und Miss Frobisher, die keine Gelegenheit ungenutzt verstreichen lässt, ist zu einem unverhofften stillen Gebet auf die Knie gesunken. Mrs. Shrubsole bewundert stumm den Altar, immer noch mit Waldgeflüster geschmückt, eine Efeuranke ums Kreuz als letzte krönende Eingebung. Mr. Bland erhöht die Lautstärke, aber von Geoff ist immer noch nichts zu sehen. »Arnold«, sagt Mrs. Belcher, »das Procedere scheint ins Stocken geraten zu sein«, und auf einmal ist der Fanclub alarmiert. Sie will ihren Mann gerade aus der Bank schieben, als ich ihr zuvorkomme und nach hinten husche, um der Sache auf den Grund zu gehen.

Da sitzen Hochwürden mit kalkweißem Gesicht, alle Schranktüren offen und den Tränen nahe. »Hast du ihn gesehen?«, fragt er. »Wen?«, frage ich. »Den Wein. Den Messwein. Er ist weg.« »Das ist doch kein Drama«, sage ich und biete an, rasch loszulaufen und irgendeinen Tafelwein zu besorgen. Geoffrey sagt: »Jetzt hat kein Laden offen. Und überhaupt: Wonach sieht es aus?« »Dass uns der Messwein ausgegangen ist.« »Er ist uns nicht ausgegangen. Freitag lag hier noch eine volle Flasche. Jemand hat sie ausgetrunken.«

Mir liegt auf der Zunge zu sagen, dass er doch einfach Leitungswasser nehmen könnte, und wenn Jesus hält, was er verspricht, dann würde schon alles klappen, aber dann fällt mir ein, dass Mr. Bland immer eine Flasche Hustensirup im Schrank stehen hat, falls einer der Chorknaben mal röchelt. Beim Gedanken, das Mahl des Herrn mit Benylin zu feiern, bekommt Geoffrey einen Nervenzusammenbruch, aber ich weise zu Recht darauf hin, dass das Zeug rot und süß ist und niemand den Unterschied merken wird. Und so ist es auch. Ich sehe zwar, dass sich Mr. Belcher etwas nachdenklich die Lippen leckt, als er zu seinem Platz zurückkehrt, aber das ist auch alles. »Weshalb gab es denn die Verzögerung?«, fragt Mrs. Shrubsole. »Ach, nichts«, sage ich. »Bloß ein kleiner Schluckauf.«

Da ich zur Abwechslung mal etwas richtig gemacht habe, bin ich sehr zufrieden mit mir, Geoffrey jedoch offenbar nicht, denn er spricht den ganzen Nachmittag kein Wort, weshalb ich die Abendandacht ausfallen lasse und nach Leeds fahre.

Mr. Ramesh hat mich offenbar erwartet, denn im Lagerraum im ersten Stock ist ein Bett hergerichtet. Ich gehe als Erste hinauf und lege mich hinein. Ich kann die Hand aus dem Bett strecken und Linsen durch die Finger rinnen lassen. Als er heraufkommt, hat er seinen Sonntagsstaat angezogen. Langes weißes Hemd, Kordel drum und so weiter. Darunter ein Leinentuch. Alles makellos rein. Wie Jesus. Nur ganz anders. Ich sehe ihm beim Ausziehen zu und denke an alle anderen bei der Abendandacht, an Geoffrey beim Beten, mit vielen Pausen, damit man genug Zeit hat, jeden Satz wirklich zu *meinen*. Und der Fanclub geht begeistert mit, alle glauben, Gott zu lieben, dabei lieben sie nur Geoffrey. Wir flehen Dich an, o Herr, erhelle unsere Dunkelheit, und bewahre uns durch Deine große Gnade vor den Fährnissen und Schrecken dieser Nacht. Wie zum Beispiel vor Mr. Ramesh, der sechsundzwanzig ist und herrliche Beine hat, der jeden Morgen in der Badeanstalt an der Merrion Street schwimmen geht und für Horsforth Hockey spielt. Ich frage ihn, ob sie ihre Sexualität auch Gott darbieten. Die Frage interessiert ihn nicht sonderlich, aber soweit ich ihn verstehe, ist Sex bei ihnen sowieso ein Teil des Göttlichen. Und ich verstehe auch, warum. Zum ersten Mal begreife ich, warum so viel Aufhebens darum gemacht wird. Dort zwischen den Linsen, am zweiten Sonntag nach Trinitatis.

Ich habe gerade mal in die Sakristei geschaut. Er hat ein Schloss vor die Schranktür gehängt.

SCHWARZBLENDE.

Aufblenden auf Susan im Wohnzimmer des Pfarrhauses. Viel gepflegter als in den vorherigen Szenen, neue Frisur, scheint in jeder Hinsicht eine andere Frau. Abend.

Ich stehe auf und sage: »Ich heiße Susan. Ich bin Pfarrersfrau, und ich bin Alkoholikerin.« Dann erzähle ich meine Geschichte. Jedenfalls einiges davon. »Keine Hemmungen«, sagt Clem, mein Berater. »Hier wird niemand geschockt sein, glaub mir, meine Liebe, wir haben schon alles gesehen.« Aber von Mr. Ramesh erzähle ich ihnen nichts, denn den haben sie noch nicht gesehen. »Hört mal zu, Leute. Ich war so betrunken, dass ich mit einem indischen Eckladenbetreiber geschlafen habe. Und ihr werdet es nicht glauben: Ich fand es wunderbar. Jede Minute.« Ach du meine Güte. Die Dame trank aber richtig.

Ich ziehe also den Schleier vor Mr. Ramesh, der sich einmal, am Feiertag von Simon und Judas (Abendandacht mit Chor um sechs, Tagesgottesdienste zu den üblichen Zeiten), die Augen geschminkt und Glöckchen an die Knöchel gebunden hat und, bis auf seinen kleinen Gürtel nackt, im Hinterzimmer des Ladens mit einem Tamburin getanzt hat.

»Wie bist du zu den Anonymen Alkoholikern gekommen?«, fragen sie. »Mein Mann«, sage ich. »Der Pfarrer. Er hat mich überzeugt.« Aber das ist gelogen. Es war nicht mein Mann, sondern Mr. Ramesh, der außerordentlich zärtliche und höfliche Mr. Ramesh, der mir eines Sonntagabends sein besorgtes Gesicht zuwandte und fragte, ob er mir eine ganz direkte Frage stellen dürfe, ob nämlich bei mir der Alkoholrausch immer Voraussetzung für den Geschlechtsverkehr sei oder ob ich nur, wenn ich mit ihm ins Bett ginge, dem wunderschönen Mr. Ramesh, sechsundzwanzig Jahre alt, mit den herrlichen Beinen, ob ich mich nur für ihn betrinken müsse. Und lag es vielleicht, so fragte dieses schlanke, makellose und sorgenvolle Wesen, lag es vielleicht an seiner Hautfarbe? Denn wenn nicht, so würde er gern vorschlagen wollen, dass es nüchtern womöglich noch schöner sei. Die Straße nach Damaskus hat mir also einzig und allein Mr. Ramesh gewiesen, dessen Vorname übrigens tatsächlich ebenfalls Ramesh lautet. Ramesh Ramesh, Mitglied des Gemeinderates und der Gewerbevereinigung von Leeds.

Aber nichts davon sage ich. Ich sage sogar überhaupt nichts. Erst als es Geoffrey nicht mehr verborgen bleibt (und das dauert volle drei Wochen), dass Frau Pfarrer tatsächlich an der Flasche hängt, da kriegt wer die Punkte? Nicht etwa einer von Mr. Rameshs fröhlichen kleinen Göttern, die alles Mögliche unter der Sonne miteinander treiben, fast wie Mr. Ramesh selbst. Oh nein. Sondern ganz allein Geoffreys Kumpel, DER Gott, der sich seiner bekannten unerforschlichen Wege bedient.

Jetzt ist also alles anders. Im Augenblick bin ich eine neue Frau, und Geoffrey ist ein neuer Mann. Und das packt er bei jeder sich bietenden Gelegenheit auf den Tisch. »Meine Frau ist Alkoholikerin, müssen Sie wissen. Ja. Eine große Herausforderung für mich und auch für die Gemeinde, unsere große Familie.« Ich bin ganz und gar kein Wermutstropfen für ihn, sondern ein wahrer Segen. Er hat es sogar in seiner Predigt über ›Erhörte Gebete‹ erwähnt, als er enthüllte, dass er und der Fanclub sich zum fröhlichen Stelldichein eingefunden und wegen »meines

Problems«, wie er es nennt, gebetet haben. Der bloße Gedanke ließ mich beinahe wieder zum Sherry greifen. Die Fans sind natürlich erbost, weil sie nie damit gerechnet hätten, dass ihre Gebete erhört würden. Sie fanden, es hat uns einander alle nähergebracht. Findet Geoffrey übrigens auch. Letzte Woche waren wir bei irgendeiner faden Diözesanfeier, und ich klammerte mich an meinem Grapefruitsaft fest, während Geoffrey einem vollbärtigen Kleriker unsere Geschichte ausbreitete. »Wir sind es mit Liebe angegangen«, ruft er aus, als sei Liebe eine Art Breitband-Antibiotikum, was sie für Geoffrey wahrscheinlich auch ist.

Und es geht immer weiter, lässt sich endlos ausschlachten. Ich habe Geoffrey erzählt, dass ich bei den Anonymen Alkoholikern gelegentlich aufgestanden bin und die Geschichte vom Blumenschmuck zum Besten gegeben habe. Ergebnis: Jetzt gibt er sie in der ganzen Diözese zum Besten. Zum ersten Mal bei einer Konferenz über ›Die unterstützende Gemeinde‹. Stürme tief empfundenen, befreiten, liebevollen Gelächters. Inzwischen hat er der Geschichte einen neuen Dreh verpasst – er erzählt sie, als ginge es um ein beliebiges Gemeindemitglied, und sagt dann am Ende: »Liebe Freunde, ich möchte euch etwas sagen. (Tiefe Stille.) Diese betrunkene Hobby-Floristin … war meine Frau.« Stille … und dann der Applaus, großartig.

Ich habe die anderen jungen, aufstrebenden Pfarrer schon gelegentlich dabei erwischt, wie sie mir heimliche Blicke zuwerfen, und man kann ihre Gedanken lesen: Wieso waren wir nicht so clever, eine Alkoholikerin zu heiraten oder, noch besser, eine Drogenabhängige, eine Problemfrau, an der wir eine schöne Buß- und Erlösungsübung gleich vor der eigenen Haustür vollziehen könnten? Denn Geoffrey ist jetzt durch nichts mehr aufzuhalten. Er greift öffentlich, nein, *ostentativ* nach meiner Hand. »Wir sind ein Team«, ruft er. Scheint ausgemacht zu sein, dass er Dekan werden soll, und das ist nur der Anfang. Wie sagte der Bischof? »Genau die Sorte Mensch, die wir für die Bischofsbank brauchen … Jemand mit erprobtem menschlichem Mitgefühl, der dem Leben ins Antlitz geschaut hat. Der alles gesehen hat.«

Mr. Ramesh hat seinen Laden verkauft. Ist zurück nach Indien gegangen, um seine Frau nachzuholen. Die ist jetzt anscheinend alt genug. Ich bin am Sonntag hingefahren. Ein Junge malte gerade *Unter neuer Leitung* ans Schaufenster; falsch geschrieben. Darunter irgendwas auf Hindi; wahrscheinlich richtig geschrieben. Er meinte, Mr. Ramesh würde sich wohl einen neuen Laden zulegen, aber leider in Preston.

Aber so sind die Asiaten natürlich, bauen sich etwas auf, bis es gut läuft, dann streichen sie den Gewinn ein und ziehen weiter. Das ist gut so. Wir sollten auch mehr so sein, risikofreudiger, unternehmungslustiger.

Meine Gruppe trifft sich zweimal in der Woche, und ich gehe hin. Mit religiösem Eifer. Es ist natürlich auch religiös. Sicher, die Namen sind andere, Frankie und Steve, Susie und Clem. Aber im Grunde sind es bloß wieder Miss Frobisher und Mrs. Shrubsole. Ich bin nie besonders gern zur Kirche gegangen, und jetzt besuche ich sogar zwei. Geoffrey würde das die wunderbare Unergründlichkeit Gottes nennen. Ich nenne es geschmacklos. Würde ich einem Hund nicht antun. Aber das ist es eben, was niemand je über Gott auszusprechen wagt … er ist absolut geschmacklos.

AUSBLENDEN.

Frau mit Füllfederhalter

Miss Ruddock ist eine gewöhnliche Frau mittleren Alters. Das Zimmer, in dem wir sie sehen, ist einfach eingerichtet und hat ein Erkerfenster. Es ist Nachmittag.

Ich kann nicht sagen, dass der Trauergottesdienst in Ordnung war. Roch nach Fließband. Ich habe sogar ans Krematorium geschrieben. Habe geschrieben, dass ich finde, ein Kennzeichen solcher Zeremonien seien doch wohl Ehrfurcht und Pietät, während mir hierbei ständig das Wort »zügig« in den Sinn kam. Darüber hinaus, fügte ich hinzu, würden die Trauernden beim Gang aus der Aufbahrungshalle nicht damit rechnen, von zwischen den Rhododendren lungernden erwachsenen Männern mit Zigaretten im Mundwinkel begrüßt zu werden. Wenn die Fahrer der Leichenwagen schon rauchen müssen, dann sollte man ihnen doch einen Raum dafür zur Verfügung stellen. Ich hätte viel Gutes von diesem Krematorium gehört, aber ich hoffte doch, man würde mir beipflichten, dass es diesmal seinen Ansprüchen nicht gerecht geworden sei.

Wenn ich natürlich einen richtigen Verlust erlitten hätte, wäre es mir noch viel schlimmer gegangen. Ich ließ das Krematorium im Unklaren darüber, aber ich kannte sie gar nicht so gut. Ich sah sie immer in der Linie 37, und wir grüßten uns und plauderten ein bisschen. Sie hatte ihre Mutter ungefähr zur selben Zeit verloren wie ich meine, sie hatte eine Nichte in Australien, und ich habe diesen einen Cousin in Kanada, dann hat sie sich ein paar

Wochen vor mir die Gaszentralheizung einbauen lassen, wir hatten also doch so einiges gemeinsam. Jahrelang habe ich geglaubt, sie heiße Hammersley, aber da lag ich völlig daneben, denn offenbar war ihr Nachname Pringle. In der *Evening Post* war ein Bild von ihr (sie hatte sehr viel ehrenamtliche Arbeit geleistet), dazu die Daten der Beerdigung am Mittwochnachmittag, und das ist der einzige Tag der Woche, wo ich nicht so viel vorhabe, also dachte ich mir, hole ich mal meinen kleinen braunen Mantel aus dem Schrank und lasse mich sehen. So kommt man wenigstens mal raus. Und ich war auch froh, dass ich da war, aber wie gesagt, die Trauerfeier war ein bisschen schäbig, und als Krönung diese rauchenden jungen Burschen, da dachte ich, ich kann wenigstens mal einen Brief schreiben.

Jedenfalls schrieb mir der Direktor der Einrichtung, ein Mr. Widdop, einen ganz reizenden Brief zurück. Er sagte, er sei mir sehr dankbar, dass ich seine Aufmerksamkeit auf dieses Problem gelenkt habe, und ihm sei zwar bewusst, dass es gelegentlich vorkomme, wenn er aber persönlich irgendjemand beim Rauchen ertappe, würde er dem Betreffenden gehörig die Leviten lesen. Aber ich wisse sicherlich auch, dass disziplinarische Maßnahmen in unmittelbarer Nähe der Kapelle nicht immer ganz leicht seien, denn man könne kaum jemanden lauthals zurechtweisen, wo sich überall Trauernde aufhielten. Er persönlich würde sich während der Feierlichkeiten lieber zurückhalten, um den Tätern dann, wenn die Luft rein war, umso heftiger das Fell zu gerben. Was meine Bemerkungen über mögliche Raucherräume im Umfeld der Aufbahrungshalle anging, so gebe es dazu in absehbarer Zukunft keine Pläne, denn ich müsse bedenken, dass Raum dort ein wertvolles Gut sei, und ganz oben auf der Prioritätenliste stehe im Augenblick die Errichtung eines vorläufigen Tempels zur Benutzung durch ethnische Minderheiten. Er würde meine Bemerkungen jedoch im Hinterkopf behalten, und sollten mir in Zukunft ähnliche Übertritte auffallen, sollte ich nicht zögern, mich wieder zu melden.

Ich schrieb ihm einen kurzen Brief zurück, dankte ihm für seine rasche und höfliche Antwort und erwähnte, dass ich zwar nicht hoffte, dem Krematorium in nächster Zeit einen weiteren Besuch abstatten zu müssen (kleiner Scherz), aber dass ich seinen Standpunkt nachvollziehen könne. Ich schrieb außerdem ein paar Zeilen an die Hinterbliebenen, die ich über das Krematorium weiterleiten ließ, teilte ihnen mit, dass ich eine Bekannte von Miss Pringle gewesen sei, der Trauerfeier beigewohnt und mir die Freiheit genommen hätte, wegen des unseligen Zwischenfalls mit dem Krematorium zu korrespondieren. Ich fügte eine Kopie des Antwortschreibens von Mr. Widdop bei, bekam jedoch keine Antwort, wofür ich Verständnis habe, denn was ein Todesfall vor allem mit sich bringt, ist massenhaft Korrespondenz. Als Mutter starb, bekam ich dreiundfünfzig Briefe. Außerdem haben sie die Männer womöglich gar nicht rauchen sehen, weil sie vor Trauer blind waren. Ich sehe, gegenüber ist ein neues Paar eingezogen. Wirken nicht sehr vielversprechend. Das Kind sieht verdreckt aus.

SCHWARZBLENDE.

Aufblenden auf Miss Ruddock in gleicher Kulisse. Morgen.

Heute Morgen kam eine Karte vom Optiker, auf der stand, dass es nach ihren Unterlagen zwei Jahre her sei, dass sie mir eine Brille angefertigt hätten, dass diese jetzt mit hoher Wahrscheinlichkeit überprüft werden müsste und dass ich ihr Geschäft doch bei nächster Gelegenheit einmal beehren solle. Das fand ich nett, also griff ich zu meinem guten alten, zuverlässigen Platignum-Füllfederhalter und verfasste sogleich eine Antwort. Dass ich es sehr zuvorkommend fände, mich erinnert zu haben, und wenn ich auch momentan mit meiner Brille noch keine Probleme hätte, so sei ich doch dankbar, dass sie mich auf das Problem aufmerksam gemacht hätten, und sollte ich eine Verschlechterung feststellen, würde ich sie umgehend kontaktieren. *(Sie nimmt ihren Füller zur Hand.)* Hat mir gute Dienste geleistet, dieser Füllfederhalter. Mutter hat ihn mir gekauft, als sie es zum letzten Mal nach Harrogate geschafft hat. Ist mir ein wirklich treuer Freund geworden. *(Sie schaut in Richtung Fenster.)*

Angie heißt sie. Ich habe gehört, wie er nach ihr gerufen hat, als ich auf dem Weg zum Postamt vorbeigegangen bin. Er lag unterm Auto und brauchte einen Schraubenschlüssel, und sie ist rausgekommen, Kofferradio in einer Hand, Kind an der anderen. Ich dachte mir, »Also, ihr habt ein Auto, ihr habt ein Kofferradio, wird Zeit, dass ihr mal in Vorhänge investiert.« Sie kann kaum älter als zwanzig sein, und so wie sie aussieht, erwarten sie schon wieder eins.

Ich bin an der Stelle vorbeigekommen, wo die Stufe beschädigt ist, wie ich der Stadtverwaltung geschrieben hatte, und dass sie eine Gefährdung der Öffentlichkeit darstellte. Jetzt ist da eine kleine Rampe, Zugang für Behinderte. Immer wenn ich vorbeigehe, denke ich bei mir: »Das haben sie dir zu verdanken, Irene.« Mein Denkmal, diese Rampe. Bloß dass irgendein Hund sein Geschäft mitten darauf verrichtet hat. Ich bin ganz sicher, früher gab es davon nicht so viel. Letztes Jahr habe ich eine kleine Busreise nach London gemacht, und da waren überall Hundehaufen. Ich habe sogar auf dem Bürgersteig direkt vor dem Buckingham Palace einen gesehen. Habe der Queen einen Brief dazu geschrieben. Bekam eine ganz reizende Antwort von einer Kammerzofe, dass Ihre Majestät mein Interesse zu schätzen wisse und mein Brief an die zuständigen Behörden weitergeleitet worden sei. Das Ende vom Lied war, dass ich einen langen Brief vom Leiter der Stadtreinigung des Westminster City Council bekam, der sich ausgiebig entschuldigte und gleich noch einen Überblick über ihr Budget für die Reinigung und Erhaltung der Straßen und Plätze beilegte. Das ist generell meine Erfahrung … die Leute sind nur zu dankbar, wenn man sie auf solche Dinge hinweist. Bürgerbeteiligung lautet das Stichwort. Natürlich schrieb ich ihm einen Dankesbrief zurück, und was glauben sie? Er beantwortete auch den, indem er mir für meine Antwort dankte. Also schrieb ich noch einmal, dass ich nicht mit einem weiteren Brief gerechnet hätte, dass der auch nicht notwendig gewesen sei, und ob das wohl eine angemessene Verwendung öffentlicher Mittel sei? Das war ihnen natürlich keine Antwort wert. Typisch.

Pause.

Ich warte nur darauf, dass die Zeitung kommt. Steht ja nicht viel drin. Die Leserbriefdebatte, die ich angefacht habe, über die Haarlänge des Erzbischofs von Canterbury, scheint langsam wieder abzukühlen. Bis ich mich zu Wort meldete, schien es niemand überhaupt bemerkt zu haben. Verschiedene Leute brachen verschiedene Lanzen, bis ein leidenschaftlicher Brief des Dekans von Halifax kam, der Vollbart trägt, und jetzt scheint ein Deckel auf der Sache zu sein.

Wird schon dunkel.

Das Paar gegenüber isst zu Abend. Kein Tischtuch aufgelegt. Das Kind müssen sie wohl ins Bett gebracht haben. Als ich die Milchflasche rausgestellt habe, habe ich es schreien hören.

SCHWARZBLENDE.

Aufblenden auf Miss Ruddock, die in einem Sessel sitzt und Zeitung liest. Nachmittag.

Im Gefängnis haben sie es leicht. Fernsehen, Tischtennis, Kunstkurse. Ist wie ein Ferienlager, wundert man sich da, dass es Verbrechen gibt? Und die Leute sagen: »Na ja, was soll man machen?« Man kann sich zum Beispiel mal an seinen Wahlkreisabgeordneten wenden. Das tue ich regelmäßig. Heute Morgen habe ich auf einen meiner Briefe eine Antwort bekommen. Ich hatte ihn auf einen bis dato unbeachteten Faktor beim Anstieg der Verbrechensraten aufmerksam gemacht, nämlich auf die steigende Zahl der eine Brille tragenden Polizeibeamten. Was hätten die für eine Chance gegen einen entschlossenen Angreifer? Er hatte meine Bemerkungen zur Kenntnis genommen und versprochen, sie an die richtigen Stellen weiterzuleiten. Er ist von der Labour-Partei, aber das Briefpapier ist immer von sehr guter Qualität, und der Text ist schön getippt.

Als ich überall Staub gewischt und meine Erledigungen besorgt hatte, habe ich einen kleinen Spaziergang in die Stadt gemacht, ein kleines Paket Würstchen und neues Briefpapier gekauft. Dickes schwarzes Haar im Würstchen. Habe also sofort einen Brief an die Hersteller geschrieben und das Haar beigefügt. Mit Tesafilm festgeklebt. Kleiner Pfeil: »Das ist das Haar.« Ich machte deutlich, dass ich kein Ersatzpaket wollte, da ihre Würstchen offensichtlich unter unhygienischen Bedingungen hergestellt würden, wenn sie mir also den Kaufpreis und das Porto erstatten könnten. Ich will ja nicht mit Würstchen überschwemmt werden.

Ich mache mir dauernd Gedanken über das Kind von gegenüber. Habe es jetzt seit ein oder zwei Wochen nicht mehr gesehen. Und die beiden sind die ganze Zeit unterwegs. Jeden Abend gehen sie aus, und das Kind kommt nie mit. Und es kommt auch niemand zum Aufpassen. Wo haben sie das Geld zum Weggehen her, möchte ich mal wissen? Er arbeitet nämlich nicht. Bastelt den ganzen Tag an seinem Auto herum. Man sollte ein bisschen weniger von dem Auto und ein bisschen mehr von dem Kind sehen. Das spielt nie draußen, dabei brauchen Kinder doch frische Luft, das ist allgemein bekannt. Man hört es jetzt auch nicht mehr weinen, nichts. Und ich habe noch nie ein Tischtuch auf dem Tisch gesehen. Die Teekanne steht da praktisch immer. Die Milchflasche auch. Würde mich überraschen, wenn sie überhaupt verheiratet wären. Er hat jedenfalls eine Tätowierung.

SCHWARZBLENDE.

Aufblenden auf Miss Ruddock, die auf einem Esszimmerstuhl am Fenster sitzt. Abenddämmerung.

Meine Mutter kannte jeden hier in der Straße. Sie konnte die Bewohner jedes einzelnen Hauses herbeten. Konnte früher jeder. Jetzt ist es ein Kommen und Gehen. Darum geschehen auch diese Tragödien. Weil niemand hinschaut. Wenn sie wüssten, dass sie beobachtet würden, dann würden sie sich vielleicht anständig aufführen. Ich würde ja mit den Leuten nebenan reden, aber seit der Sache mit den

Mülltonnen haben wir keinen Kontakt mehr. Und auf der anderen Seite wohnen Asiaten, die wissen also nicht, was normal ist und was nicht. Ich habe allerdings das Gefühl, dass er gebildet ist, und die Kinder sind immer sehr hübsch angezogen. Aber ich wäre doch froh, wenn sie mal was mit ihrer Hecke machen würden.

Ich dachte, ich rede mal ein Wort mit dem Doktor, lasse irgendwie eine Bemerkung fallen. Früher gab es bloß einen Doktor. Heute haben sie alle zusammengelegt, da ist es also reine Glückssache. Ein junger Bursche. Ich sagte, ich würde mich wieder so aufregen, so wie schon mal. »Wann denn?«, fragte er. »Steht in meiner Krankenakte«, sagte ich. Also las er nach und sagte dann: »Sie haben sich also ein bisschen aufgeregt, wie schon einmal. Dann gebe ich Ihnen was zum Einnehmen.« Ich habe ihm also von dem Kind erzählt, und er sagte: »Diese Tabletten werden Ihnen dabei helfen, das Ganze ausgewogener zu betrachten.« Ich gab ihnen drei oder vier Tage, und nach meinem Gefühl änderte sich nicht viel, also ging ich wieder hin. Diesmal ein anderer Doktor. Selbe Prozedur. Ich sagte, ich wollte keine Tabletten mehr, ich wollte bloß den Namen der Firma, die sie herstellte, weil ich meinte, jemand müsse ihnen mal mitteilen, dass ihr Produkt keine Wirkung zeige. Der Doktor meinte, es wäre leichter, mir einfach andere Tabletten zu verschreiben, und ich könnte dem Unternehmen auch nicht schreiben, es sei aus der Schweiz. »Was macht das denn für einen Unterschied?«, sagte ich. »Heute spricht doch jeder Englisch.« »Darauf wollen wir jetzt nicht näher eingehen, nicht wahr?«, sagte er und stellte mir ein neues Rezept aus. Damit gehe ich nicht zur Apotheke. Ich habe es schon das Klo hinuntergespült. Ich weiß nicht, an wen man wegen der Ärzte schreibt.

Nach dem Abendessen setzte ich mich im Dunkeln ins Wohnzimmer und beobachtete das Haus. Er fummelt am Auto herum, hat eins dieser knappen Hemdchen an, die sie heute tragen, ohne Ärmel. Das Radio aufgedreht wie verrückt. Immer noch kein Kind. Ich kenne nicht mal ihren Namen.

Schwarzblende.

Aufblenden auf Miss Ruddock, in Hut und Mantel vor kahlem Hintergrund.

Wenn ich es mir im Nachhinein überlege, muss der Doktor den Pfarrer angespitzt haben. Der kam jedenfalls vorbei. Nicht der alte Pfarrer. Den hätte ich erkannt. Sondern so ein junger Kerl in Schlips und Kragen, hätte irgendwer sein können. Ich nahm die Türkette nicht ab. »Woher soll ich wissen, ob Sie der Pfarrer sind?«, habe ich gefragt. »Können Sie sich ausweisen?« Er schiebt ein kleines Kreuz durch die Tür. »Was soll das denn sein?«, frage ich. »Ein Kreuz«, sagt er. »Ein Kreuz bedeutet gar nichts«, sage ich. »Heutzutage tragen Jugendliche Kreuze. Sogar Hooligans. Die haben Kreuze am Ohr hängen.« »Nicht so eins«, sagt er. »Das ist ein richtiges Kreuz. Ein funktionierendes. Mein Werkzeug.« Ich war immer noch im Zweifel, aber dann sah ich seine Fahrradklammern und ließ ihn rein.

Er plaudert ein bisschen, dies und das, Gott wird ziemlich lange nicht erwähnt. Sie behalten ihn gern so lange wie möglich im Ärmel, diese Pfarrer, weil sie wissen, dass er die Leute abschreckt. Hielt mir also einen langen Vortrag über Liebe. Über die vielen verschiedenen Arten der Liebe … Freundesliebe, Landliebe, Liebe zur Musik. Die Leute wären oft ganz überrascht, sagte er (und ich dachte mir: »Jetzt kommt es«), ganz überrascht, wenn sie erfahren, dass sie Gott schon die ganze Zeit geliebt und es nur nicht gemerkt haben. Ich schnitt ihm das Wort ab und sagte: »Wenn Sie hergekommen sind, um über Gott zu reden, dann sind Sie auf dem Holzweg. Ich bin Atheistin.« Das warf ihn ein bisschen aus der Bahn, konnte man sehen. Bei einer Miss erwarten sie keine Atheistin. Diese Pfarrer glauben, bei Alleinstehenden haben sie leichtes Spiel. »Also gut, Miss Ruddock«, sagte er. »Ich werde wiederkommen. Ich betrachte Sie als Herausforderung.«

Er war noch nicht lange weg, als es wieder klopft, nur ist es diesmal ein Polizist mit einer Polizistin im Schlepptau. Fragen, ob sie reinkommen und mit mir reden können. »Worüber denn?«, frage ich. »Sie wissen schon«, sagt er. »Weiß ich nicht«, sage ich, aber ich lasse sie herein. Er nimmt den Helm ab, er ist noch jung und sagt, er wolle gleich zur Sache kommen: ob ich diese Briefe geschrieben hätte? »Was für Briefe?«, frage ich. »Ich schreibe keine Briefe.« »Briefe eben«, sagt er. »Jeder Mensch schreibt Briefe«, sage ich. »Sie auch, möchte ich wetten.« »Nicht solche wie Sie, meine Liebe«, sagt er. »Kommen Sie mir nicht mit ›Meine Liebe‹«, sage ich. »Geben Sie mir lieber Ihren Namen und Ihre Dienstnummer. Ich werde an Ihren Vorgesetzten schreiben.«

Es hat mit dem Pärchen von gegenüber zu tun, stellt sich heraus. Ich sage: »Wieso fragen Sie denn mich?« »Warum wir Sie fragen?«, sagt er. »Wer hat denn dem Drogisten geschrieben, seine Frau sei eine Prostituierte? Wer hat dem Schülerlotsen einen Nervenzusammenbruch beschert?« »Aber er hat die Kinder belästigt«, sage ich. »Das Gericht hat Ihnen zur Auflage gemacht, den Frieden und die öffentliche Ordnung zu wahren. Dies ist eine ernste Angelegenheit.« »Das ist es in der Tat«, sagte ich. »Ich kann nicht den Frieden wahren, wenn ich direkt vor meiner Nase Misshandlung und Verwahrlosung sehe. Was soll die öffentliche Ordnung, wenn ein Kind leidet? Ist es da meine Pflicht, Frieden und Ordnung zu wahren?« Jetzt übernimmt die Dame, schlägt den verständnisvollen Ton an. Ob ich denn nicht sehen könne, dass die beiden ein liebevolles junges Elternpaar seien? Wenn sie so ein liebevolles Elternpaar sind, wieso kriegt man dann das Kind nie zu sehen? Wieso ziehen sie dann jeden Abend los und lassen das Kind allein zu Hause? Weil das Kind nicht allein zu Hause ist, sagt sie. Es ist gar nicht zu Hause. Es ist in Bradford im Krankenhaus, und da fahren sie jeden Abend hin. Und da ist das Kind auch letzten Freitag gestorben. »Woran denn?«, fragte ich. »Vernachlässigung?« »Nein«, sagt sie. »Leukämie.«

Pause.

»Sie sollten Hut und Mantel anziehen«, sagt er.

SCHWARZBLENDE.

Aufblenden auf Miss Ruddock, wieder zu Hause. Tag.

Jetzt kommen zwei Sozialarbeiterinnen zu mir, eine weiße, eine farbige. Maureen soll ich die Weiße nennen, schockierende Fingernägel, rote Haare, letzte Woche ein Loch in der Strumpfhose, so groß wie ein 50-Pence-Stück. Sieht aus, als würde eher sie als ich eine Sozialarbeiterin brauchen. Schiebt alles den Männern in die Schuhe. »Wir kennen doch die Männer, nicht wahr, Irene?« Ich habe ihr nicht erlaubt, mich Irene zu nennen. Ich möchte nicht Irene genannt werden. Sondern Miss Ruddock. Seit Mutter gestorben ist, hat mich niemand mehr Irene genannt. Aber die nennen mich alle Irene, sie, die Polizei, alle. Sie kommen sich nett und freundlich vor, dabei ist das bloß eine nette Art von Gehässigkeit. Die andere ist Asiatin, Mrs. Rabindi, hat einen kleinen roten Punkt auf der Stirn und so. Sitzt bei mir und redet. Ist ganz in Ordnung. Meint, in Indien könnte ich mich richtig nützlich machen. Da kann man offenbar vom Briefeschreiben leben, weil alles Analphabeten sind. Letzte Woche wurde was an ihre Tür geschmiert. Sie meint, als Asiatin rechnet man schon mit so was. »Na, mir schmeißen sie auch alles Mögliche über die Gartenmauer«, sage ich. Wir sitzen und unterhalten uns, aber sie ist leider ein bisschen langweilig. Ich erzähle ihr, dass ich meine Mutter geliebt habe, dann sagt sie, wie sehr sie ihre Mutter geliebt hat. Ich erzähle ihr, dass ich mich schon gar nicht mehr auf die Straße traue, und sie erzählt, dass sie selbst schon angegriffen wurde. So kommt man doch nicht weiter. Immer bloß »Ich auch«. Ich glaube, Sozialarbeit ist vor allem Beipflichten.

Ich bin sozusagen auf Bewährung; man nennt es ›aufgeschobene Urteilsverkündung‹. Das heißt, man darf sich keine Übertretung mehr leisten. Wenn ich noch einen Brief schreibe, komme ich ins Gefängnis. Der Amtsrichter sagte, im Grunde verdiente ich vor allem Mitleid. »Entschuldigen Sie«, sagte ich, »dürfte ich da mal einhaken?« »Nein«, sagte er. »Für Sie wäre es am besten, den Mund zu halten.« Ein kräftiger Bursche, marineblauer Anzug, Mohnblüte im Knopfloch. Sah ein bisschen nach Alkoholiker aus.

Maureen meint, ich sollte Lokalradio hören. Bei so Anrufsendungen mitmachen. Mit dem Moderator plaudern und mir ein Lied aussuchen. Sie meint, das sei sehr hilfreich, um das Gefühl der Einsamkeit und Isolation innerhalb der Gesellschaft zu bekämpfen. »Ja sicher«, sagte ich, »und noch hilfreicher, um die Telefonrechnung zu erhöhen.« Maureen versucht außerdem, mich zum Lesen anzuhalten. Wahrscheinlich, um mich vom Schreiben abzubringen. Sie sagt, Bücher würden meinen Horizont erweitern. Schleppt mir Romane an, aber die klingen nicht wahrhaftig. Ich meine, wenn im Roman jemand sagt: »Ich habe noch nie einen Flugzeugabsturz erlebt«, dann weiß man schon, fünf Seiten später passiert es. Heißt es, Züge haben nie Unfälle, gibt es prompt einen. Wenn man in Geschichten irgendwas sagt, beschwört man es herauf. Wenn die Heldin also sagt: »Ich glaube, ich werde wohl nie glücklich sein«, dann kann man darauf wetten, dass ihr Glück gleich um die Ecke liegt. So sind die Regeln im Roman. Im Leben allerdings kann man sagen, dass man nie glücklich sein wird, und es auch niemals ist, das Aussprechen macht nicht den geringsten Unterschied. So ist die wirkliche Regel. Manchmal ertappe ich mich bei dem Gedanken, dass es beim nächsten Mal vielleicht besser wird. *(Pause.)* Aber es gibt kein nächstes Mal. Das war meine Chance.

Pause.

Ein neuer Polizist. Läuft einfach die Straßen lang, wie früher. Teil der neuen Politik. Nachbarschaftsstreife. Lächelt. Grüßt. Unterhält sich. Behält alles im Auge.

Ganz besonders behält er Hausnummer 56 im Auge. Eine Stunde am Stück war er drin. Habe neulich die Zeit gestoppt, und als er endlich rauskommt, steht sie mit nichts als so einem kurzen Morgenmantel an der Tür.

Jetzt ist er wieder drin.

Pause.

Man sollte ihn melden.

SCHWARZBLENDE.

Aufblenden auf Miss Ruddock vor einem unauffälligen Anstaltshintergrund. Sie trägt einen Trainingsanzug, spricht sehr schnell und strahlt.

Ich sollte eigentlich Tagebuch schreiben. Mrs. Proctor hat uns alle aufgefordert, Tagebuch zu schreiben, gehört zum Literaturunterricht. Die anderen Mädels wissen nicht, was sie in ihre hineinschreiben sollen, ich weiß nicht, was ich weglassen soll. Das Problem ist nur, ich habe nie Zeit, alles aufzuschreiben, ich bin jetzt schon drei Tage hinterher.

So viel zu tun. Morgens ist Beschäftigungstherapie, und ich habe Buchbinden und Schneidern gewählt. Beim Schneidern hat Mrs. Dunlop mich gleich ins kalte Wasser geworfen, und jetzt nähe ich mir ein kleines Cocktailkleid. »Ich trinke nie Cocktails«, habe ich gesagt. »Jetzt, wo Sie das Kleid haben«, hat sie geantwortet, »können Sie endlich.« Das ist die Stoßrichtung hier: neue Horizonte. Es ist aus Shantung und hat einen kleinen Schalkragen. Lucille macht mir in Handarbeit ein schweres Halsband dazu.

Ich teile mir ein Zimmer mit Bridget, die aus Glasgow stammt. Sie war Gelegenheits-Prostituierte und hat ihr Kind umgebracht, aus Versehen, als sie betrunken und durcheinander war. Ganz niedliches kleines Gesicht, man würde es nicht glauben. Ihre Mutter war blind, konnte aber wundervolle Kekse backen und hat eine neunköpfige Familie in einer Drei-Zimmer-Wohnung durchgebracht. Wie wenig du doch weißt, habe ich mir gedacht. Ich bin mit praktisch allen hier befreundet, nicht nur mit Bridget. Ich schaue überall im Gang mal rein; oft genug bin ich noch unterwegs, wenn es klingelt.

Ich weiß, sie lachen über mich, aber das ist nicht böse gemeint. Lucille sagt: »Du bist lustig, Irene. Dir macht es gar nichts aus, im Gefängnis zu sitzen.« »Gefängnis!«, habe ich gesagt. »Lucille. Zum ersten Mal seit Jahren schmecke ich so was wie Freiheit.«

Ich kann natürlich von Glück reden. Die anderen vermissen Sex. Männer, Männer, Männer. Über nichts anderes reden sie.

Das ist übrigens nicht mehr so ein Buch mit sieben Siegeln wie früher. Bridget hat mir die Sache Schritt für Schritt nähergebracht. Hätte ich mich vorher mit einem Mann im Bett wiedergefunden, wäre ich völlig ahnungslos gewesen, aber jetzt kenne ich wenigstens die Grundbegriffe, sagt Bridget. In meinem Alter ist natürlich nicht mehr damit zu rechnen, aber es ist trotzdem nett, solche Kenntnisse zur Verfügung zu haben. Zum Rauchen haben sie mich gelegentlich auch schon gekriegt. Ich meine, eine richtige Raucherin werde ich bestimmt nicht mehr, dafür bin ich nicht der Typ, will ich auch gar nicht werden, aber wenn ich mal gesellschaftlich in die Lage komme, rauchen zu müssen, wie zum Beispiel beim Anstoßen auf die Königin, dann stehe ich jetzt nicht mehr so dumm da. Aber das ist ja auch die ganze Philosophie dieser Einrichtung: Fähigkeiten erwerben.

Den Sekretärinnenkurs habe ich mit links absolviert, Miss Macaulay sagt, ich war die Erste mit Note 1. Ich kann tippen wie der Wind. Miss Macaulay sagt, wir dürfen nicht untätig bleiben, und wenn sie die Verwaltung auf Knien bittet, dann lassen sie mich vielleicht (ich wiederhole: vielleicht) mal an ihren Computer. Und dann ist der Plan: Phase eins, ich bekomme eine Zeitlang tageweise Freigang, Phase zwei, eine Übergangszeit in einer betreuten Resozialisierungswohnung, wo man mich wieder in die Gesellschaft integriert. Und schließlich Phase drei: Eine kleine Anstellung irgendwo in einem Büro. Ich habe Miss Macaulay gefragt: »Macht es denn nichts aus, dass ich im Gefängnis war?« Und sie hat geantwortet: »Irene, bei Ihren Qualifikationen würde es auch nichts machen, wenn Sie in der SS gewesen wären.«

Aber was manche hier so für Reden schwingen! Man muss wirklich schmunzeln. Sie kennen Wörter für Sachen, von denen ich noch nie gehört habe, und ich fluche inzwischen selbst sogar schon mal, aber nur, wenn es wirklich nötig ist. Neulich abends saß ich im Gruppenraum mit Shirley zusammen. Shirley ist sehr korpulent, ich glaube, es sind die Drüsen, und wir haben zusammen versucht, einen Brief an ihren Freund zu schreiben. Sie sagt jedenfalls, dass er ihr Freund ist, aber ich musste den Brief drei Mal neu anfangen, weil er zuerst Kenneth hieß, dann sagt sie Mark, und am Ende entscheidet sie sich für Stephen. Sie stottert, unsere Shirley, und ich glaube, sie hat bloß einen Namen gesucht, den sie aussprechen kann. Ich glaube, sie hat gar keinen Freund, sie will bloß mit dem Strom schwimmen. Sie dürfte eigentlich gar nicht hier sein, sie ist nämlich nicht ganz richtig im Kopf, aber anscheinend kann man sie nirgendwo sonst unterbringen, sie steckt dauernd Häuser an. Wir sind also in ihr Zimmer gegangen und haben einen Brief an diesen ausgedachten Freund zusammengeschrieben, als die Schwarze Geraldine hereintänzelt und sich einmischt, fragt, ob der Freund blond ist, ob er Locken hat, und dann so gehässige persönliche Fragen, die sie Shirley eigentlich nicht stellen dürfte. Und Shirley wird ganz verwirrt, fängt an zu stottern, und Geraldine fängt an zu lachen, also lasse ich alle Vorsicht fahren und sage zu Geraldine, sie soll sich bepissen.

Sie lacht sich halbtot, rennt den Gang lang und schreit: »Wisst ihr, was Irene gesagt hat? Wisst ihr, was Irene gesagt hat?«

Als sie weg ist, sagt Shirley: »Das hättest du nicht sagen sollen.« »Weiß ich«, sage ich, »aber manchmal muss es sein.« »Nein, Irene«, sagt sie. »Ich meine nicht, dass du so was nicht sagen sollst. Du hast es bloß falsch gesagt. Es heißt nicht ›Bepiss dich‹.« Ich frage: »Wie heißt es denn?« »Verpiss dich.« Sie hat ein gutes Herz.

Pause.

Manchmal wacht Bridget mitten in der Nacht schreiend auf, weil sie von dem Kindchen träumt, das sie umgebracht hat, und dann gehe ich zu ihr, setze mich an ihr Bett und halte ihre Hand, bis sie wieder ruhig schläft. Mein kleiner Wecker tickt, ich höre den Wind in den Pappeln um den Sportplatz, vielleicht regnet es gerade, und ich sitze einfach da. Und ich bin so *glücklich.*

AUSBLENDEN.

Ihre grosse Chance

Lesley ist Anfang dreißig. Sie sitzt in ihrer Wohnung. Morgen.

Letzte Woche habe ich einen Mann erschossen. Es war eine interessante Erfahrung, ich vermisse sie schon ein bisschen. Aber deshalb werde ich jetzt keine Depressionen kriegen. Man muss nach vorn schauen. So etwas auf dem Konto zu haben kann sich als sehr nützlich erweisen, man weiß nie, wann man auf so eine Erfahrung wieder zurückgreifen muss.

Es geschah nicht in Ausübung meiner Pflicht. Ich war keine Polizistin oder sonst jemand, für den Gewalt zum Alltag gehört. Die Tatwaffe war übrigens ein Harpunengewehr, aber es war definitiv kein Unfall. Mein Entschluss zu töten, reifte nach sichtbarem Ringen mit meinem Gewissen. Ich musste deutlich machen, dass nichts je wieder so sein würde wie vorher, wenn ich abgedrückt hätte: Ich war eine Frau am Scheideweg.

Das klingt jetzt nach *Crossroads*, aber das war es natürlich nicht. Das ist schließlich eine Vorabendserie, da wird niemand erschossen, jedenfalls nicht mit einem Harpunengewehr. Wenn da jemand erschossen würde, dann müsste die Waffe besser zum Schauplatz passen, zu diesem Motel. Ich habe übrigens schon in *Crossroads* mitgespielt. Das war eine Folge, wo es ein Brunch-Büffet gab. Jedenfalls hatte man mir gesagt, es sei ein Brunch, aber im Drehbuch stand dann, es seien bloß Fingerhäppchen. Also ging ich zum Aufnahmeleiter und sagte: »Rex. Hast du hier den Überblick? Ich brauche mal einen kleinen Hinweis. Spielen wir bloß damit rum oder essen wir tatsächlich?« »Vergiss es«, sagte er. »Das Essen ist sowieso gestrichen.« Ich spielte die Frau im Bisampelzmantel, Gast bei einer Hochzeitsfeier, und ich sollte bloß in dieser einen Folge auftreten. Ich spielte die Rolle allerdings so, als ob mir das Hotel sehr gefallen würde, weil ich hoffte, so dem Regisseur aufzufallen, damit er mich noch für die Folge nach dem Brunch dabehielt, wo es um ein ganzes Wochenende ging. Ich spielte also Interesse an der Möblierung, fuhr mit dem Finger über die Laminat-Oberflächen, bewunderte die Textiltapete. Aber dann kam Rex zu mir und sagte, sie hätten mich in einen Bisampelz gesteckt, damit ich wie eine kultivierte Frau wirke. Könnte ich vielleicht mal so tun, als würde ich mich in einem Drei-Sterne-Motel wie zu Hause fühlen. In dieser Sorte Motel fühle ich mich ganz und gar nicht wie zu Hause, kann ich Ihnen sagen. Ich habe auch gleich zu dem Mann, neben dem ich stehen sollte, der wohl mein Ehemann war, nahm ich an, zu dem habe ich gesagt: »Orange Nylongardinen und keine Tischsets, hier gibt es ja nicht mal einen Hauch von Zivilisation.« Und er sagte: »Erzähl mir nichts von Nylongardinen. Ich war mal einer von den Geschworenen, die Richard Attenborough zum Tode verurteilt haben.« Man hatte uns gesagt, wir sollten ein bisschen Cocktailgeplauder spielen, also war unser Gespräch gar nicht unprofessionell. Darauf bin ich nämlich besonders stolz: Ich bin bis in die Haarspitzen professionell.

Egal, was ich mache, auch wenn es bloß ein Komparsenauftritt ist, ich muss mich immer ganz einbringen, bis zum Anschlag. Ich kann nicht anders. Menschen, die mich kennen, sagen mir immer, ich sei ein sehr ernsthafter Mensch, aber das Komische ist, ich kriege nie ernsthafte Rollen angeboten. Sondern immer so Mädchen, die sich amüsieren wollen, die das Leben nehmen, wie es ist, die sich nicht scheuen, richtig Spaß zu haben, wenn sich die Gelegenheit bietet, so die Richtung. Ich würde sie als übermütig bezeichnen, wenn man dabei nicht eher an tollende Fohlen denken würde. Kurz gesagt spiele ich meist Frauen, die sich vor allem auf Barhockern wie zu Hause fühlen und ihre Zigaretten selten selbst anzünden müssen. Das genaue Gegenteil von mir, denn erstmal rauche ich gar nicht. Ich meine, ich kann natürlich rauchen, wenn die Rolle es erfordert. Ich bin Profi, und man braucht so viele Fähigkeiten wie nur möglich. Aber ich bin eben von Natur aus keine Raucherin, und ich gehe auch nicht gern auf Partys. (Lege mich ehrlich gesagt lieber mit einem schönen Buch aufs Sofa.) Aber ausgerechnet bei *dieser* Party machte ich eine Ausnahme. Es war nämlich so: Ich hatte diesen ehemaligen Grafikdesigner kennengelernt, der genug vom Karrieremachen hatte und nach Simbabwe auswandern wollte, und jetzt gab er eine kleine Abschiedsparty in der Wohnung einer Freundin, einer Stewardess, in Mitcham, ob ich auch kommen wollte? Ich dachte mir, man trifft ja nicht jeden Tag jemanden, der nach Simbabwe geht, also sagte ich Ja, und ich bin auch froh darüber, so kam ich nämlich zu dem Vorsprechen.

Mein Hobby sind eigentlich Menschen. Ich sammle Menschen. Kaum hatte ich also diesen interessant aussehenden Mann in einer Ecke entdeckt, da stand ich auch schon neben ihm und unterhielt mich. »Sie sehen interessant aus«, sagte ich. »Interessante Menschen interessieren mich. Hallo.« Er sagte auch »Hallo«. »Was machen Sie so?« »Ich bin beim Film.« »Ach, das ist ja interessant«, sagte ich. »Irgendwas in Planung?« »Um ehrlich zu sein, ja«, sagte er und erzählte mir von diesem Projekt, an dem er beteiligt war, Videos für den ausländischen Markt, Zielgebiet vor allem Deutschland. Ich fragte, ob er der Produzent sei. »Nein«, sagte er, »aber ich arbeite in der Produktion. Spud mein Name.« »Spud!«, sagte ich. »Das ist aber ein interessanter Name. Ich heiße Lesley.« »Zufällig, Lesley«, sagte er, »haben wir gerade ein kleines Problem. Unsere Hauptdarstellerin musste absagen, weil ihr Rücken Ärger macht. Sind Sie Schauspielerin?« »Interessant, dass Sie das fragen, Spud«, sagte ich, »das bin ich nämlich tatsächlich.« »Entschuldigen Sie mich einen Augenblick, Lesley«, sagte er. »Aber Spud, wo wollen Sie denn hin?« »Ich werde nur kurz hinausgehen, Lesley«, sagte er, »und einen Anruf tätigen.«

Offensichtlich will sich nämlich der Regisseur gleich am nächsten Tag Ersatzkandidatinnen ansehen, und zwar an einer Adresse in Westlondon. »Das Interessante ist, dass ich in Ealing wohne«, sagte er. »Liegt das nicht in Westlondon?«, fragte ich. »Genau«, sagte er. »Und wo ist Ihre bescheidene Hütte?« »In Bromley«, sagte ich. »Strafe für meine Sünden.« »Das ist aber ziemlich weit«, sagte er. »Warum nächtigen Sie nicht bei mir?« »Vielen Dank, gnädiger Herr«, sagte ich, »aber ich bin ja nicht vom Weihnachtsbaum gefallen.« »Lesley«, sagte er. »Ich habe einen Sohn, der das Hotelfach lernt, und eine Tochter mit nur einer Niere. Außerdem ist meine Schwägerin zu Besuch. Sie ist zur großen Haushaltsausstellung im Olympia Centre gekommen.«

Ein Licht ging mir erst auf, als ich die Tätowierung sah. Nach meiner Erfahrung sind Tätowierungen auf die unteren Schichten beschränkt, und sein Unterhemd sagte mehr als deutlich: Elektriker. Die Schwägerin habe ich nie zu Gesicht bekommen. Tappt wahrscheinlich immer noch im Olympia herum.

Schwarzblende.

Aufblenden auf Lesley in gleicher Kulisse. Nachmittag.

Mit Persönlichkeit kenne ich mich aus. In diesem Buch, das ich gerade lese, dreht sich ein ganzes Kapitel darum. Ist von einem Amerikaner geschrieben. Was Persönlichkeit angeht, sind die Amerikaner ja Experten; das ist schon eine Kunstform bei denen. Vorstellungsgespräche spielen da eine ganz wichtige Rolle, ich konnte es also gleich ausprobieren.

Der Regisseur war nicht so alt, blauer Anzug, Krawatte locker, Ärmel umgeschlagen. Ich hatte den Eindruck, dass er studiert hatte. Stellte sich als Simon vor, und ich merkte mir den Namen sofort. (Das ist einer der wichtigen Punkte in dem Buch: Zweck und Verwendung von Namen.) »Entschuldigen Sie diese verrückte Uhrzeit«, sagte er. »Wie meinen, Simon?«, fragte ich. »Na, so um halb zehn Uhr morgens«, sagte er. »Simon«, sagte ich. »Der Tag beginnt eben, wenn er beginnt. Sie sind der Regisseur.« »Ja, sicher«, sagte er. »Können Sie mir sagen, was Sie schon gemacht haben?«

Ich sagte: »Gesehen haben könnten Sie mich in *Tess*, Simon. Roman Polanski. Ich habe die Chloë gespielt.« »An die erinnere ich mich gar nicht«, sagte er. »Kommt sie auch im Buch vor?« »Welches Buch?«, fragte ich. »Es geht um *Tess*, Simon. Roman Polanski. Chloë war die hinten auf dem Bauernkarren mit dem Schal um. Der bestickte Schal war original 19. Jahrhundert. Alles Handarbeit. Kennen Sie Roman, Simon?« »Nicht persönlich«, sagte er. »Körperlich ist er ziemlich klein«, sagte ich, »aber wir hatten eine sehr gute Arbeitsbeziehung. Sehr offen.« Er meinte, das sei sehr gut, weil Travis im Film auch sehr offen sei. »Travis«, sagte ich. »Das ist ja ein interessanter Name, Simon.« »Ja«, sagte er. »Sie ist auch eine interessante Figur. Verbringt den größten Teil des Films an Deck einer Jacht.« »Einer Jacht?«, sagte ich. »Das ist ja interessant, Simon. Mein Schwager hat in Ipswich ein kleines Motorboot liegen.« »Na so was!«, sagte er. »Ja, die Welt ist klein«, sagte ich. »Wenn ich könnte, wie ich wollte, Lesley«, sagte er, »könnten wir gern den ganzen Tag lang plaudern. Ich habe aber einen ziemlich vollen Terminplan, könnte ich Sie also, auch wenn es erst halb zehn Uhr morgens ist, in Unterwäsche sehen?« »Halb zehn morgens oder halb elf abends, wir sind schließlich beide Profis, Simon«, sagte ich. »Aber könnten wir vorher die Heizung ein klein wenig aufdrehen, sonst können Sie meine Nippel nicht von der Gänsehaut unterscheiden.« Dazu gab es auch einen Abschnitt im Persönlichkeitsbuch: Humor, sehr geeignet, das Eis zu brechen.

Als ich mich ausgezogen hatte, sagte er: »Gut, körperliche Prüfung bestanden. Jetzt kommt die mündliche. Spielen Sie Schach?« »Schach, Simon?«, sagte ich. »So wie in diesem Musical, *Chess*?« »Ja, genau. Können Sie das spielen?«, fragte er. »Um ehrlich zu sein, nein«, sagte ich. »Ist das ein Problem?« »Nicht, wenn Sie Wasserski fahren. Travis ist eigentlich eher so der sportliche Frischluft-Typ, aber wir fänden es ganz lustig, wenn sie nebenbei ein bisschen intellektuell wäre.« »Also, Simon«, sagte ich, »ich habe kein Problem damit, Schach und Wasserski zu lernen, aber dürfte ich einen Vorschlag machen? Lesen ist auch meist ein Hinweis auf eine gebildete Persönlichkeit, und lesen kann ich sehr überzeugend«, sagte ich, »weil ich das auch im wahren Leben ziemlich oft tue.« Ich merkte gleich, er war beeindruckt. Also sagte ich: »Außerdem würde ich vorschlagen, ihr eine Brille zu verpassen, Simon. Heutzutage gibt es ja ganz attraktive

Modelle, und wenn man Travis mit Brille und Taschenbuch sieht, sagt das schon alles.« »Sehr hilfreich von Ihnen«, sagte er. »Es könnte ein Taschenbuch über Umweltprobleme sein«, sagte ich, »oder, wenn man beim Wasserski bleiben will, vielleicht was übers Wasserskifahren und die Umwelt. Lake Windermere oder so.«

Da brachte er mich schon zur Tür, aber ich sagte noch: »Ein letzter Gedanke, Simon: eine Aktentasche. Wenn man Travis einen Bikini anzieht und ihr eine Aktentasche gibt, kriegt man das Beste aller möglichen Welten.« »Ich bin Ihnen sehr dankbar«, sagte er. »Sie haben mich auf einige Gedanken gebracht.« Beim Verabschieden schreibt das Buch vor, die Hand des Betreffenden zu nehmen und dann die andere Hand darauf zu legen, sie warm zu umfassen und ihm gleichzeitig in die Augen zu schauen, zu lächeln und seinen Namen zu wiederholen. Das verankert einen anscheinend im Gedächtnis des anderen. Genau so machte ich es also, aber als ich die Treppe runterging, fiel mir noch etwas ein, und ich lief noch mal hoch. Er telefonierte gerade. »Das wirst du mir nicht glauben«, sagte er gerade. »Legen Sie nicht auf, Simon«, sagte ich, »ich wollte nur noch mal ganz deutlich machen, dass ich mit Aktentasche nicht so ein altmodisches Ding meine, sondern einen brandneuen Aktenkoffer, den man aufklappen und in eine Art Mini-Schreibtisch verwandeln kann. Travis ist ja ein ganz modernes Mädchen, also hätte sie wahrscheinlich so einen. Sie könnte im nassen Bikini an Deck sitzen, den aufgeklappten Aktenkoffer auf den Knien. So was habe ich auf der Leinwand noch nie gesehen, das wäre also eine Art Premiere. Ciao, Simon. Machen Sie es gut.«

Pause.

Das war letzten Freitag. In dem Buch sind auch so Tabellen, wo man überprüfen kann, wie das Gespräch gelaufen ist. Ich habe 75 Punkte erreicht. Sehr gut bis hervorragend. Ich bin ehrlich gesagt überrascht, dass sie noch nicht angerufen haben.

SCHWARZBLENDE.

Aufblenden auf Lesley, die jetzt geschminkt und frisiert im Bademantel in einem kleinen, kahlen Raum sitzt. Morgen.

Kaum zu glauben, dass dieses Kleid nicht für mich gemacht wurde. Ich habe schon zu Scott gesagt, der sich um die Kostüme kümmert: »Sie muss mein Double sein.« »Nein«, hat er gesagt. »Du bist ihres. Die dämliche Kuh.«

Es war so was von in letzter Sekunde. Dienstagabend um elf überlege ich noch, ob ich vielleicht mal mit dem Staubwedel durch die Wohnung gehen sollte, am nächsten Morgen sitze ich schon in Lee-on-Solent in der Maske. Als das Telefon klingelte und man mir sagte, ich hätte die Rolle, nahm ich natürlich an, es sei Simon, also sagte ich: »Hallo, Simon.« »Versuchen Sie's mal mit Nigel«, sagte er. »Also gut, Nigel«, sagte ich, »dann sagen Sie doch Simon bitte, dass ich nicht untätig gewesen bin. Ich kann jetzt auf Anfängerniveau Schach spielen.« Er sagte: »Von mir aus können Sie auf Olympianiveau Eishockey spielen, solange Sie nicht schwanger werden.«

Es war nämlich so: Das Mädchen, das eigentlich für die Rolle vorgesehen war, lebte mit einem Rennfahrer zusammen, und das Unvermeidliche geschah – sie erwartete ein Baby. Mein Name wurde also als Nächster aus dem Hut gezogen. Ich habe zu Scott gesagt: »Ich weiß auch, warum. Weil sie wussten, dass ich mir schon Gedanken über die Rolle gemacht habe.« Er hat geantwortet: »Weil sie wussten, dass du Oberweite 95 hast.« Seine Mutter sitzt im Rollstuhl, er hat wirklich viel um die Ohren.

Ich bin jedenfalls bereit. Seit gestern Morgen schon. Hat lange genug gedauert, bis irgendwer auftauchte. Ich aß ein Schinken-Sandwich, das Scott mir geholt hatte, während ich unter der Trockenhaube saß. »Gab es kein Croissant?«, fragte ich. »In Lee-on-Solent?«, fragte er zurück. Bei *Tess* gab es Croissants. Und Filterkaffee auch. Außerdem gab es Ansprechpartner.

Ich wollte mich mit irgendjemandem über die Rolle unterhalten, aber Scott meinte, sie seien alle mit einem Motorboot draußen und machten Außenaufnahmen von der Küste, ohne Ton. Bei *Tess* saß man nie tatenlos herum. Roman hatte für jede Eventualität vorgesorgt. Einmal drehten wir mitten im Wald, und die Toilettensituation war tadellos. Außerdem wurden wir mit kalorienreduzierten Nahrungsmitteln versorgt. Zu Scott habe ich gesagt: »Ich bin es nicht gewohnt, so zu arbeiten.« »Jetzt mal ehrlich, Schätzchen«, sagte er, »du bist es nicht gewohnt, zu arbeiten. Wieso hast du dir kein Strickzeug mitgebracht?« »Weil ich nicht stricke, Scott«, habe ich gesagt. »Na, dann feil dir die Nägel, zupf dir die Augenbrauen, mach es wie ich, tu etwas Sinnvolles.« Er ist dünn wie ein Spargel, spielt angeblich hervorragend Klavier und macht anscheinend nicht nur Kostüm, sondern auch Maske. Bei *Tess* hatten wir allein für die Maske drei Wohnwagen.

Irgendwann steckt schließlich Simon den Kopf durch die Tür. »Hallo, Simon«, sage ich. »Lange nicht gesehen. Hat Nigel Ihnen erzählt, dass ich Schach gelernt habe?« »Schach?«, fragt er. »Bist du nicht die, die Wasserski fahren kann?« »Nein«, sage ich. »Mist«, sagt er und verschwindet wieder. Ich sage zu Scott: »Für einen Regisseur ist Simon aber ziemlich jung.« »Regisseur?«, sagt Scott. »Der könnte nicht mal ein Krippenspiel inszenieren. Er ist bloß eine Art Laufbursche.« »Wer ist denn der Regisseur?«, frage ich. »Gunther«, sagt er. »Gunther?«, sage ich. »Klingt ja kontinental, der Name.« »Ja«, sagt er. »Deutsch.« »Das ist ja interessant«, sage ich. »Ich war mal in Deutschland. In Düsseldorf.« »Na, dann werdet ihr euch ja viel zu erzählen haben«, sagt Scott. Ich habe das Gefühl, er ist schwul. Eigentlich mag ich Schwule, aber ich glaube, er ist so einer von den Verbitterten.

Stunden später sitze ich immer noch da, als so ein anderer junger Typ reinkommt. »Gunther?«, sage ich. »Nigel«, sagt er. »Wir haben telefoniert«, sage ich. »Ja«, sagt er, »ich stehe kurz vorm Selbstmord. Ich habe gerade gehört, du kannst nicht Wasserski fahren.« »Nigel«, sage ich. »Ich bin lernfähig. Skateboardfahren habe ich in fünf Minuten gelernt.« »Wunderbar«, sagt er. »Wir haben aber keine fünf Minuten. Du sprichst wohl auch nicht zufällig fließend Französisch?« »Nein, wieso?«, frage ich. »Weil überlegt wird, aus ihr eine Französin zu machen.« »Nigel«, sage ich. »Wie kann sie Französin sein, wenn sie Travis heißt?« »Der Name spielt doch keine Rolle«, sagt er. »Für mich schon«, sage ich. »Der Name ist alles, worauf ich mich stützen kann.« »Wir sprechen uns später«, sagte er. »Nigel«, sagte ich. »Ich kann zwar kein Französisch, aber ein bisschen Spanisch, Erfolg mehrerer Pauschalurlaube an der Costa del Sol. Könnte Travis nicht Halbspanierin sein?« Er sagt zu Scott: »Wir wollten eine, die fließend Französisch spricht und Wasserski fährt. Was kriegen wir? Eine, die Touristenspanisch spricht und Schach spielt.« Scott antwortet: »Mir brauchst du nichts zu erzählen. Ich habe als Landschaftsgärtner angefangen.«

Am Nachmittag, als sie die Wasserski-Szene filmten, wartete ich immer noch auf meinen Einsatz. Das hat dann ein Mädchen von der hiesigen Tauchschule gemacht. Arbeitet anscheinend nebenbei auch im Hafenrestaurant, wo sie alle gestern Abend essen waren. Ich habe sie gesehen, als sie zum Schminken kam. Ganz angenehm, sieht mir aber kein bisschen ähnlich. Ich bin eher zart gebaut, sie ziemlich kräftig, und mein Haar ist kastanienbraun, ihrs dagegen richtig rot. Ich habe nicht gleich was gesagt, aber ich habe mir überlegt, wenn sie wirklich ich sein soll, dann kriegen sie große Anschlussprobleme, also mache ich mich besser mal auf die Suche nach dem Regisseur und weise ihn darauf hin. Auf der Jacht war aber kein Mensch, bis auf einen Mann, der die Kamera abstaubte. Er meinte, ich sollte mir keine Gedanken machen, die Wasserski-Aufnahmen seien subjektive Kamera, man würde bloß ihren Ellbogen sehen. »Und das soll funktionieren?«, fragte ich. »Aber ja«, sagte er. »Leinwandmagie, du weißt schon.« Und dann sagte er noch, wenn es nach ihm ginge, würde er auf jeden Fall lieber meinen Ellbogen als ihren sehen. Er heiße Terry, und ich? »Wie angenehm, endlich mal jemanden mit anständigen Manieren zu treffen«, sagte ich. »Immer das Gleiche, Lesley«, sagte er. »Wenn es Kunst wird, geht die Kinderstube flöten. Warum ist Filmemachen wie Pilzezüchten?«

»Na, warum denn, Terry?«, fragte ich. »Sie halten dich im Dunkeln, und ab und zu kommt einer und schüttet dir einen Eimer Scheiße über den Kopf.« Er lachte. »Das ist ja interessant«, sagte ich, »aber Terry, ich glaube, so züchtet man heute keine Pilze mehr. Wird alles industriell gemacht.« »Du hörst dich ganz kultiviert an«, sagte er. »Was hältst du davon, wenn wir heute Abend gemeinsam die Attraktionen von Lee-on-Solent erkunden?«

Sein Zimmer ist schöner als meins. Sein Badezimmer hat einen Föhn.

SCHWARZBLENDE.

Aufblenden auf Lesley, jetzt im Bikini, ein Strandtuch umgebunden. Ein anonymes Hotelzimmer. Abend.

Versteht mich nicht falsch. Ich habe gar nichts dagegen, mich oben ohne zu zeigen. Aber so wie ich Travis darstelle, ist sie einfach nicht der Typ Mädchen, das sich oben ohne zeigt. »Ich bin Profi, Nigel«, habe ich gesagt. »Glaub mir, ich habe ein bisschen Erfahrung. So was macht Travis nicht.«

Ich hatte den ganzen Tag als Hintergrund-Deko an Deck der Jacht gesessen, während zwei ältere Männer Geschäftsverhandlungen führten, nahm ich an. Einer von beiden, am ganzen Körper behaart und mit richtigem Gewichtsproblem, sollte offenbar mein Lover sein. Das wusste man, weil er mir vorher einmal ins Gesicht geschlagen hatte. Travis soll sich eigentlich gern amüsieren, nur sieht man mich eigentlich nie, wie ich Spaß habe, ich sitze bloß auf diesem eiskalten Deck und schmiere mich mit Sonnencreme ein. Ich habe schon zu Nigel gesagt: »Ich weiß ja nicht, ob der Kameramann das schon bemerkt hat, Nigel, aber soll ich wirklich sonnenbaden? Die Sonne scheint doch gar nicht.« »Kein Sonnenschein ist topp.« Nigel ist Erster Assistent von allem und jedem. Gunther spricht kein Wort, jedenfalls nicht mit mir. Steht bloß hinter der Kamera, hat so eine kleine Mütze auf. Kein Vergleich mit Roman. Roman hatte für jeden ein Lächeln übrig.

Ich sitze also da im Hintergrund und sage zu Nigel: »Nigel«, sage ich, »gehe ich recht in der Annahme, dass ich zur Cocktail-Fraktion gehören soll?«

»Wieso?«, fragt er vorsichtig zurück. »Weil dazu meiner Ansicht nach ein Zigarettenhalter gehört«, sage ich und ziehe ein ganz zurückhaltendes Exemplar aus der Tasche, das ich zufällig dabeihabe. Er geht also zu Gunther und spricht mit ihm darüber, aber Gunther ist kategorisch gegen Rauchen. »Aus Gesundheitsgründen?«, frage ich. »Nein, weil es die Anschlüsse so scheißkompliziert macht.« Ich hatte außerdem ein Taschenbuch mitgebracht, um der Requisite (das war anscheinend auch Scott) Arbeit abzunehmen. Aber ich hatte es kaum aufgeschlagen, als Nigel es mir schon wieder abnahm und meinte, sie hätten sich statt Buch für Sonnencreme entschieden. »Nigel«, sage ich. »Das schließt sich doch nicht aus. Ich kann mich eincremen und gleichzeitig lesen. So was macht einen Profi aus.« Er redet wieder mit Gunther, kommt zurück und sagt: »Vergiss das Buch. Sonnencreme ist topp.« »Darf ich dich noch was fragen?«, sage ich. »Nur zu«, sagt er. »Worüber redet mein Freund da eigentlich?«, frage ich. »Geschäfte«, sagt er. »Nigel«, sage ich. »Gehe ich recht in der Annahme, dass es sich um Drogengeschäfte handelt?« »Spielt das eine Rolle?«, fragt er zurück. »Für mich ja«, sage ich. »Für Travis ja. Es würde meiner Figur helfen.« »Weißt du, was deiner Figur helfen würde?«, sagt er. »Wenn du dein Bikini-Oberteil abnehmen würdest.« »Nigel«, sage ich. »Würde Travis so was machen? Wir wissen, dass sie Schach spielt. Und dass sie liest. Ist Travis der Typ Frau, der oben ohne rumläuft?« »Jetzt hör mal zu«, sagt er. »Was glaubst du, wen du hier spielst? Emily Brontë? Gunther will deine Titten sehen.«

Ich würdigte ihn keines Blickes, sondern legte wortlos mein Oberteil ab und cremte mich mit aller Verachtung ein, die ich aufbringen konnte. Sie drehten die Einstellung, danach kam Nigel zu mir und sagte, das hätte Gunther gefallen, und wenn ich ihm noch eine Spur mehr Sinnlichkeit zeigen könnte, wäre es vielleicht sogar eine Großaufnahme wert. Wir drehten also noch einen Take, dann kam Nigel wieder zu mir, Gunther gefiel sehr gut, was ich zu bieten hätte, und ob ich in der nächsten Szene wohl auch mein Unterteil ausziehen könnte. »Nigel«, sagte ich. »Glaub mir. Das würde Travis nicht tun.« Er spricht mit Gunther, kommt wieder und sagt, Gunther gibt mir Recht. Eigentlich würde Travis das nicht tun. Aber indem sie sich vor dem Geschäftspartner ihres Lovers entblößt, zeigt sie ihre Verachtung für seinen Lebenswandel. »Nigel«, sage ich. »Endlich mal was von Gunther, womit ich was anfangen kann.« Und er sagt: »Na also! Dann drehen wir! Weg mit dem Unterteil!«

Pause.

Gegen sechs hatten wir den Tagesdreh im Kasten (das ist Filmjargon für »fertig«). Ich fragte Nigel: »Habe ich Gunther gezeigt, was er sehen wollte? Ist er zufrieden?« »Gunther ist Künstler, Lesley«, sagt er. »Er ist nie zufrieden. Aber wie hat er heute Nachmittag gesagt? ›Immerhin kochen wir mit Gas.‹« »Und ist das gut?«, frage ich. »Ja«, sagt er. »Ach so«, sage ich, »ich koche nämlich lieber elektrisch.«

Als ich wieder ins Hotel kam, brauchte ich ein bisschen, um wieder runterzukommen. Ich hatte mich so sehr in Travis hineinversetzt, dass sich der Griff der Rolle erst lockerte, nachdem ich ein Bad genommen und mich frischgemacht hatte. Ich freute mich schon auf einen entspannten Abend mit dem Team, auf ein paar Anekdoten vom Tagesdreh, die immer besonders erfreulich sind, wenn man weiß, dass man gute Arbeit abgeliefert hat, aber als ich herunterkam, war niemand da, bloß Scott und ein Fahrer. Stellt sich heraus, dass alle zum Abendessen in dieses Restaurant gegangen sind, wo das dicke Mädchen arbeitet, das die Wasserski-Szenen gemacht hat.

Ich blieb eine Weile an der Bar sitzen. Bloß ein Typ da. Ich sage zu ihm: »Mein Hobby sind Menschen, und was machen Sie?« Sieh mal einer an: Er gehört auch zur Filmcrew, ist der Tiertrainer. Kenny. Für die Katze zuständig. »Das ist ja interessant, Kenny«, sage ich. »Ich wusste gar nicht, dass eine Katze auftauchen sollte. Ich liebe Katzen. Hunde liebe ich auch, aber Katzen ganz besonders. »Möchtest du sie sehen?«, fragt er. »Sie schläft auf meinem Bett.« »Na, das ist ja praktisch«, sage ich, aber er antwortet: »Lesley, mach dir keine falschen Vorstellungen. Ich bin mit meinen kleinen Schützlingen verheiratet.« Ich gehe also mit rauf und spiele ein bisschen mit der Katze, Kenny erzählt mir von den Tieren, die er schon betreut hat, einmal ein Zebra, ein Seehund, ein Alligator und jede Menge Frettchen. Er hat auch noch eine Forelle im Aquarium. Die soll später im Film gefangen werden. Ziemlich kleiner Fisch, aber sie wollen eine Naheinstellung drehen, so dass sie größer wirkt.

Ich saß auf dem Bett und hörte zu, wie er über tierisches Verhalten redete. »Kenny«, sagte ich, »solche Abende mag ich am liebsten. Zwei Leute, die sich einfach nur über interessante Dinge unterhalten.«

Mitten in der Nacht wachte ich auf und wusste nicht mehr, wo ich war. Dann sah ich die Katze vorm Aquarium sitzen und die Forelle beobachten.

SCHWARZBLENDE.

Aufblenden auf Lesley, wieder in ihrer Wohnung, in Alltagskleidung. Abenddämmerung.

Wenn man beim Film eine Szene abgedreht hat, muss man immer noch den Fusselcheck abwarten, wie das im Filmjargon heißt. Da wird nachgeschaut, ob irgendwas im Bildfenster war. Gott sei Dank war kein Fussel drin, denn noch mal hätte ich es nicht machen können. Ich hatte Travis erschaffen, und auch wenn es ihr Lover war, der erschossen wurde, kam es mir doch so vor, als ob der Teil von mir, der Travis war, auch gestorben wäre.

Mein Lover hieß, wie sich irgendwann herausstellte, Alfredo. Das war mein wichtiger Texteinsatz. »Alfredo!« Er war der Kopf irgendeines Verbrechersyndikats, aber alle anderen Jachtbesitzer hielten ihn für einen ganz respektablen Geschäftsmann aus dem Baugewerbe. Eines Abends waren Alfredo und ich an Land, bei einem großen Empfang des Baugewerbeverbandes, und da schwimmt so ein junger Undercover-Polizist raus zur Jacht und durchsucht sie in Unterhosen. Aber wie es der Zufall will, hat Travis an diesem Abend Kopfschmerzen, also kommen sie und Alfredo früher als erwartet von dieser total respektablen Veranstaltung zurück, und Alfredo ist furchtbar wütend. Eigentlich sollte ich an der Stelle sagen: »Ich kann doch nichts dafür, Alfredo, ich habe eben Kopfschmerzen«, aber nachdem wir es ein oder zwei Mal probiert hatten, fand Gunther, es wäre vielleicht noch überzeugender, wenn meine Kopfschmerzen so schlimm wären, dass ich gar nicht mehr sprechen könnte und Alfredo bloß sagen würde: »Du und deine Kopfschmerzen.« »Wenn es nicht bloß Kopfschmerz, sondern Migräne wäre«, sagte ich, »dann könnte Travis wahrscheinlich wirklich nicht sprechen«, und Gunther sagte: »Wenn du meinst.« Das ist immer ein wundervoller Augenblick, wenn ein Regisseur anfängt, einem zu vertrauen, und man darauf aufbauen kann.

Travis und Alfredo kommen also in ihre Kabine, wo sie den jungen Mann in Unterhose hinterm Sofa entdecken, und Alfredo zieht seine Waffe und sagt: »Was für ein Glück, dass Travis Kopfschmerzen hatte und wir den glanzvollen Empfang verlassen mussten. Ich war sauer auf sie, aber jetzt hat sich meine Laune geändert. Biete dem Herrn etwas zu trinken an, Travis. Und dann zieh dich aus. Nichts mag ich lieber, als mit einer Frau zu schlafen, nachdem ich einen Polizisten getötet habe. Ha ha.« Darauf ziehe ich mich in die Nebenkabine zurück, während Alfredo den nackten jungen Polizisten verspottet und ihm sagt, er werde ihn umbringen, aber vorher erzählt er ihm noch in allen Einzelheiten vom geplanten Drogenschmuggel, wie Verbrecher das so tun, wenn sie jemanden mit der Waffe bedrohen. Als Travis unbekleidet zurückkommt, spricht der junge Polizist gerade darüber, was Drogen Schreckliches anrichten, wie viele junge Leben sie zerstören und so weiter. Ich habe allerdings vergessen zu erwähnen, dass es vorher einen Dialog gegeben hatte, als ich angeblich beim Tauchen war, in dem erzählt wurde, dass Travis einen kleinen Bruder namens Craig hatte, der drogenabhängig war, und dass es mir das Herz gebrochen und ich geschworen hätte, mich an den Schuldigen zu rächen, sollten sie mir je über den Weg laufen.

Als der Polizist also über den Drogenhorror redet, sieht man, wie Travis jetzt erst die Erkenntnis dämmert, dass ihr Lover mit Drogen handelt: Sie hat gedacht, er wäre ein ganz normaler Verbrecher, der Elektrogeräte stiehlt oder so etwas. Sie greift also ganz ruhig, »beinahe nachdenklich«, wie Gunther sagte, zum Harpunengewehr, das zufällig auf der Anrichte liegt. Nigel kam zu mir und sagte, Gunther würde gern sehen, wie sich die verschiedensten Emotionen in Travis' Zügen spiegeln, wie die Zuneigung zu ihrem Geliebten Alfredo mit den Forderungen ihres Gewissens und den Erinnerungen an ihren kleinen Bruder Craig streiten. Man sieht den dicken Zeigefinger meines Geliebten, der den Abzug spannt, als er den Polizisten erschießen will, aber in dem Moment sage ich ganz leise seinen Namen: »Alfredo.« Er wirbelt herum. Travis feuert die Harpune ab, man sieht die Spitze aus seinem Rücken dringen, die ihn umbringt und außerdem seinen Smoking ruiniert. Es folgt eine Großaufnahme von ihm mit Blut und allem, dann eine von mir, wie mir eine einzige Träne über die Wange läuft.

Das alles nahmen wir in einem Take auf, und Nigel sagte, das sei fast einzigartig in den Annalen der Filmgeschichte. Aber da muss Scott sich natürlich einmischen und sagen, das sei auch gut so, es sei nämlich auch ziemlich einzigartig, bloß einen Smoking in der Garderobe zu haben. Ich hätte es sowieso nicht noch einmal machen können. Ich hatte nichts mehr in mir. Nur dass mir plötzlich noch eine blitzartige Eingebung kam, wie das manchmal so ist, wenn man gerade eine ungeheure Strapaze hinter sich hat, und ich sagte zu Nigel: »Meint ihr nicht, dass Travis sich jetzt, so emotional überwältigt nach dem Tod ihres Geliebten, an den Polizisten klammert, dessen Leben sie gerade gerettet hat, und dass sie sein Überleben feiern könnten, indem sie auf der Stelle Geschlechtsverkehr hätten?«

Große Diskussion. Gunther gefiel es richtig gut, aber der Schauspieler, der den Polizisten spielte, war nicht so scharf darauf. Ich vermute, er war auch schwul, er hatte jedenfalls einen Schnauzer. Irgendwann kam Nigel zu mir und sagte, topp wäre es, wenn der Polizist so wirkt, als ob er über Geschlechtsverkehr nachdenkt und unentschlossen Travis' intime Stellen streichelt, doch dann siegt Mitleid über Lust, und er bedeckt ihre Blöße mit so einem asiatischen Bademantel, der ihrem toten Lover gehört. Aber selbst jetzt merkt man noch, dass er die Möglichkeit nicht ganz ausgeschlossen hat, weil er beim Zuknöpfen des Bademantels mit den Fingern recht lange an Travis' Brustwarzen verweilt. Hinterher erklärte Gunther, wenn an dieser Stelle tatsächlich was gelaufen wäre zwischen den beiden, dann hätte das die Schlussszene geschwächt – nach der ganzen Aufregung geht der Polizist nämlich nach Hause zu seiner richtigen Freundin, die ihm ein warmes Essen kocht und Bibliothekarin ist, und in der allerletzten Szene schlafen die beiden miteinander. Darin steckt die Botschaft, dass Geschlechtsverkehr besser ist mit einer, die man liebt, auch wenn sie ein bisschen langweilig aussieht und in der Stadtbücherei arbeitet, als mit einer wie Travis, die bloß ihren Spaß haben will. Wie sagte Gunther in jener Nacht zu mir: »Es ist ein sehr moralischer Film, tragisch ist nur, dass die Leute es nicht erkennen werden.« »Das ist ja interessant«, sagte ich, »ich habe ihn nämlich von Anfang an so gesehen.«

Als wir ins Bett gingen, habe ich gesagt: »Hätten wir das doch schon früher getan.« »Lesley«, hat er gesagt. »Ich habe es mir zur Regel gemacht, die Finger von Schauspielerinnen zu lassen, solange der Film noch nicht im Kasten ist.« »Gunther«, sage ich, »mir musst du das nicht erklären. Wir sind doch beide Profis. Aber, Gunther«, sage ich, »kann ich dich noch was fragen? War ich Travis? Warst du zufrieden mit meiner Leistung?« »Hör mal«, sagt er, »mit einer schlechten Schauspielerin kann ich nicht ins Bett gehen. Also frag mich nicht, ob ich mit deiner Leistung zufrieden war.« Gunther ist ein wahrer Künstler.

Als ich am nächsten Morgen aufwachte, war er weg. Ich schlenderte nach unten, um einen Kaffee zu trinken, aber vom Team war niemand mehr da. Ich hatte mich von allen verabschieden wollen, aber sie drehten noch ein paar einführende Totalen vom Jachthafen. Also ging ich los und kaufte eine Postkarte mit einem sinkenden Schiff darauf und schrieb: »Macht's gut, Leute! Wir sehen uns bei der Premiere!« Die hinterließ ich am Empfang.

Als ich mit meinen Taschen aus dem Hotel kam, lud Scott gerade die Kleider ein. »Ciao, Scott«, sagte ich. »War mir ein Vergnügen, mit dir zu arbeiten.« Er antwortete: »Für die einen mehr, für die anderen weniger«. »Und jetzt heißt es: zurück ins wahre Leben«, sagte ich. »Manche von uns waren nie draußen«, sagte er. Komisch, dass die immer zu enge Kleidung tragen.

Der Film kommt zuerst in Deutschland heraus, dann vielleicht in der Türkei. Gunther sagt, er wird mich ziemlich berühmt machen. Na ja, damit werde ich wohl leben müssen. Aber ich werde bestimmt nicht hier herumsitzen und warten, dass das Telefon klingelt. Keine Angst. Ich werde mir weitere Fähigkeiten aneignen. Italienisch sprechen. Wertvolle Ölgemälde verkaufen. Kanupaddeln. Es ist ja so: Je mehr man als Mensch zu bieten hat, desto besser ist man auch als Schauspielerin. Schauspielen heißt eigentlich vor allem Geben.

AUSBLENDEN.

Aufrecht weiter

Muriel ist eine resolute, rationale Frau Ende fünfzig. Sie trägt Tweedrock, Strickjacke und Perlenkette, wir sehen sie in einer Ecke ihres komfortablen Heims sitzen. Es ist Nachmittag.

Ist eine komische Zeit, drei Uhr nachmittags - zu spät fürs Mittagessen, aber noch ein bisschen früh für den Tee. Außerdem waren ein oder zwei tapfere Gestalten den ganzen Weg aus Wolverhampton hergekommen - wenn ich denen bloß Tee angeboten hätte, wäre es wohl zur Meuterei gekommen. Und ich glaube, Leute bekommen einfach gern etwas angeboten, auch wenn sie es dann gar nicht essen. Zuerst will man natürlich einfach zur Kühltruhe und die unvermeidlichen Quiches ausgraben, aber dann dachte ich mir: »Muriel, das wäre gekniffen«, also blieb ich im Endeffekt bis zwei Uhr nachts wach und bereitete eine Auswahl meiner Spezialitäten zu ... Hühnchen in Zitronensoße, *bœuf en croûte* aus den alten Colchester-Zeiten (ich musste an Jessie Marchant denken) und haufenweise verschiedene Salate. Es war im Grunde kein Tag für Salat, ziemlich frisch für April sogar, aber Mabel wärmte alle mit einer ihrer berühmten Suppen auf, die sie einfach aus dem Nichts gezaubert hatte, und so hatten wir Kraft genug für einen weiteren Tag. Den Geschmack konnte niemand so recht einordnen, daher konnte ich beim Herumgehen immer fragen: »Haben Sie die Suppe schon geraten?«, das brach ein wenig das Eis. Ich weiß gar nicht, was in Mabel gefahren war: Sie hatte eine Prise Curry hineingetan, und das hat die meisten Leute verwirrt. Eigentlich war es vor allem Blumenkohl.

Trotzdem lief es zunächst ein bisschen schleppend, wie das bei solchen Anlässen meistens ist. Es waren Menschen da, die man noch nie im Leben gesehen hatte (die ganzen Leute von Massey-Ferguson zum Beispiel, mir völlig unbekannt), dann aber auch viele, die ich eigentlich hätte kennen sollen, aber nicht einordnen konnte. Aber immer wenn ich jemanden etwas verloren herumstehen sah, schnappte ich mir jemand Bekannten, steuerte auf ihn zu und sagte: »Das ist Jocelyn. Sie ist am Royal College of Art. Ihren Namen kenne ich nicht, aber höchstwahrscheinlich machen Sie in Landmaschinen«, und dann überließ ich die beiden ihrem Schicksal. Man muss nur die Flamme an die Zündschnur halten und sich dann zurückziehen.

Wie bei Ralph zu erwarten, war es natürlich eine reichlich bunte Mischung. Einige vom Sportkomitee waren da, ein ziemlich starkes Aufgebot von Mitschülern aus Tonbridge, ein paar aus dem ›Freundeskreis der Kathedrale von Norwich‹ und dem ›Hilfsverein für entlassene Strafgefangene‹, dann Madge und Perce, die wir in den Flitterwochen auf der *Mauretania* kennengelernt haben, Donald und Joyce Bannerman, die eigentlich schon auf dem Weg nach Abu Dhabi waren, aber dann hatte Donald am Flughafen Heathrow eine Zeitung gekauft und die Anzeige gesehen, und sie waren sofort hergefahren. Und ein ganz reizender älterer Herr, der den weiten Weg aus Margate gekommen war. Der sagte: »Sie werden sich nicht an mich erinnern, Mrs. Carpenter, ich gehöre zur Bruderschaft der Gesetzesbrecher.« Ich kreischte ein bisschen auf. Aber wie hat der Pfarrer gesagt: Ralph hat ein buntes und bewegtes Leben geführt.

Die Kinder waren natürlich großartig, jedenfalls Giles. Margaret tauchte zum Glück nicht auf. Giles jedoch gab allen vom Leibregiment eine Führung durch den Garten, während Pippa sich mit einigen hohen Tieren aus der Londoner City herumschlug. »Ich glaube, George kennen Sie nicht«, hörte ich einen von ihnen sagen. »Er hat die Zügel bei Goodison & Brown in der Hand.« Die Armen, sie hätten beide einen Orden verdient. Und Crispin und Lucy waren wie zwei kleine Engel, Crispin lief den Leuten immer zwischen den Beinen herum und streckte sich, um ihnen nachzuschenken. Ich wollte, dass sie sich zwischendurch mal ausruhen, aber Giles sagte: »Nein, lass sie nur. Sie haben ihren Großvater geliebt.« »So wie wir alle«, sagte Pippa.

Die Kirche war zum Bersten voll gewesen, und ich hatte mir das Heulen bis ganz zum Ende verkneifen können, bis *Dir, mein Land gelobe ich* angestimmt wurde. Und dann hatte ich hundert Sachen zu erledigen, kam also gar nicht zum Nachdenken, bis ich sah, dass die schreckliche Angela Gillespie den Fehler beging, mit Frank zu reden, dem Langweiler aus der Firma, und als ich das gefürchtete Wort »Gabelstapler« hörte, fiel mir ein, wie oft ich Ralph unter solchen Umständen den Mund verbieten musste. Der Gedanke, Ralph zum Schweigen zu bringen, öffnete sofort die Schleusen, und ich musste in die Vorratskammer flüchten, um die Flut einzudämmen, wohin mir kurz darauf Mabel folgte, die gerade über einen seiner alten Gummistiefel gestolpert war und ebenso zerfloss. Darüber konnten wir also ordentlich gemeinsam lachen und weinen, ehe wir uns die Nasen puderten und uns wieder ins Getümmel stürzten.

Als alle weg waren, ruhe ich mich gerade mal fünf Minuten im Sessel aus, bevor ich mich ans Aufräumen des Trümmerfeldes mache – da stürzt

Margaret herein. »Wer waren denn die ganzen Leute?«, fragt sie. »Das war eine Art Feier für Papa«, sage ich. »Warum?«, fragt sie. »Ist er tot?« »Du weißt, dass er tot ist«, sage ich. »Wer hat ihn denn umgebracht?«, fragt sie. »Jetzt sei doch nicht albern«, sage ich. »Komm mit, dann finden wir eine Tablette für dich.« Im Schrank steht immer noch was von Ralphs Medizin. Hat ihm ja viel genützt, dachte ich, und habe sie in die Toilette geschüttet. Danach hatte ich einen ziemlichen Kloß im Hals.

Die Tablette jedenfalls half. Um zwei Uhr morgens hörte ich sie herumlaufen, stand aber nicht auf. Bloß dass ich dann ohnehin aufstehen musste, weil mir plötzlich einfiel, dass ich in der ganzen Aufregung vergessen hatte, die Hunde zu füttern.

SCHWARZBLENDE.

Aufblenden auf Muriel, die in einem Sessel sitzt. Abend.

Alle, die mir über den Weg laufen, sagen, ich soll keine übereilten Entscheidungen treffen. Ich komme ins Gemeindezentrum gewankt, beladen mit Ralphs gesamter Garderobe, auf die Angela Gillespie sehr zügig Ansprüche für die Muskelschwund-Stiftung erhoben hatte. Fünf Minuten später hatte Brenda Bousfield für die Mukoviszidose an die Tür geklopft. Sofort wurden die Messer gezogen, ich musste die beiden praktisch voneinander trennen. Und ich teilte dann auch die Garderobe, die Business-Anzüge für Angela, die Tweedjacketts für Brenda. Alles sehr schöne Sachen. Ein herrlicher Smoking von Hawes & Curtis war für Giles gedacht, wenn er nicht so dick geworden wäre. Der wollte die Krawatten übrigens nicht haben. Angela schon. »Wird schön was einbringen«, sagte sie. »Und wie kommst du zurecht? Triff noch keine großen Entscheidungen, alles Schritt für Schritt, ich sehe gar keine Schuhe.«

War vielleicht ein bisschen albern, aber seine Schuhe hatte ich behalten wollen. Ich mochte seine Schuhe so gern. Hatte sie immer selbst gewienert. »Meine schöne Schuhputzerin«, hat er immer gesagt. »Egal, was du damit vorhast«, sagte Angela, »gib sie auf keinen Fall Brenda. Deren Verein hat einen furchtbaren Wasserkopf, das ganze Geld geht für die Verwaltung drauf, weiß jedes Kind. Wir können Schuhe gut gebrauchen.«

Ich hatte gedacht, ich schaue mal in die Bücherei und sehe, ob Miss Dunsmore mir etwas über familiären Verlust finden kann. Das hat Ralph mir beigebracht: die Erfahrungen anderer nutzen, alles verwenden, was zur Verfügung steht. »Eine neue Erfahrung ist wie eine Reise durch unbekanntes Gebiet. Aber nicht vergessen, mein Mädchen: Andere waren schon vor dir hier und haben Aufzeichnungen hinterlassen. Frage eins lautet also: Gibt es eine Karte? Frage zwei: Mache ich mir alle verfügbaren Informationen zunutze? Ganz egal, ob man heiraten, einen Einbruch begehen oder ein Meerschweinchen halten will: Effizienz heißt, die richtigen Informationen zusammenzutragen.« Ach, Ralph.

Miss Dunsmore machte sich auf Erkundung, aber die einzige Information, die sie auftreiben konnte, war ein Buch über Begräbnisriten in Papua-Neuguinea. Ich glaube, so weit wäre nicht einmal Ralph gegangen. Sie meinte aber, im Gesundheitszentrum gäbe es eine Broschüre zum Thema Trauerfall. Miss Dunsmore sagte, sie wolle das nicht als unpassenden Trost verstanden wissen, aber offenbar trauern Elefanten auch, und – sehr seltsam – sogar Hechte. Darüber plauderten wir also ein wenig. Sie sagte, ich solle zunächst keine großen Entscheidungen treffen, und wenn ich irgendwelche Bücher übrig hätte, ob ich sie wohl für sie reservieren könnte, weil sie eine Art Lesedienst für Behinderte organisierte.

Ich schaute im Gesundheitszentrum vorbei, und die Empfangsdame sagte, es gebe eine Broschüre zum Thema Tod; sie hatten sonst eigentlich welche auf dem Tresen liegen, aber die nahmen immer Kinder und kritzelten darauf herum, darum hatten sie keine nachbestellt. Sie sagte, sie habe es einmal durchgeblättert, und im Großen und Ganzen würde einem geraten, nicht zu schnell große Entscheidungen zu treffen und sich nicht in irgendetwas hineinzustürzen. »Sie meinen doch wohl nicht in den Kanal?« »Wie bitte?«, fragte sie. Dass man Witze macht, erwartet kein Mensch. Als ich wieder hinausging, rief sie mir nach, ob Ralph Brillenträger war. Wenn ja, dann sollte ich die alten Brillen nicht wegwerfen, weil sie wegen der Einsparungen im Gesundheitswesen angefangen hätten, Brillen zu recyceln.

Daheim sagte Mabel, Margaret habe den ganzen Vormittag im Mantel auf dem Stuhl im Korridor gesessen, aus irgendeinem Grund mit Gummistiefeln an. Sagte, die Polizei komme. Wir schleiften sie zu zweit nach oben, und beim ungefähr siebzehnten Versuch schaffte ich es, ihr heimlich eine Tablette unterzujubeln, das half. Sie hatte sich gerade zu einem kleinen Nickerchen hingelegt, als niemand anderes als Giles vor der Tür stand.

Er hatte alle Termine abgesagt, war an den Bürowachen vorbeigeschlüpft und dann die A12 hinabgebraust, weil er auf einmal das Gefühl hatte, ich könnte eine kleine Aufmunterung gebrauchen, die gute Seele. Mabel konnte er immer um den Finger wickeln, schon als kleiner Junge, also willigte sie ein, die Stellung zu halten, während er mich zum Mittagessen in ein ziemlich feines Restaurant entführte. Ich dachte bei mir, hoffentlich schaust du zu, Ralph, alter Tunichtgut, und überlegst es dir noch mal. Ralph und Giles vertragen sich höchstens fünf Minuten lang, komisch, dabei konnte er Margaret überhaupt nichts abschlagen.

Als wir schließlich zurückkamen, da wollte ich mich am liebsten ein bisschen hinlegen, wir hatten ja reichlich Wein getrunken (ich meine, Nachtisch *und* Käseplatte), aber Giles kennt kein Pardon und lässt mich jede Menge Papiere unterschreiben. Anscheinend hat Ralph mich ganz gut versorgt. Mit dem Haus und seinen verschiedenen Anlagen bin ich eine ziemlich wohlhabende Dame. Natürlich hat er auch ein bisschen für Margaret festgelegt, kaum was für Giles, aber das stört ihn auch nicht, er braucht natürlich nichts, und wenn ich mal weg bin, kriegt er ja ohnehin alles. Allerdings habe ich, so nennt es Giles, ein Liquiditätsproblem, der wichtigste Punkt ist also, mir Barmittel zu besorgen, daher die vielen Papiere. Und dann ging es noch irgendwie darum, einen Wald zu kaufen. Zuerst bin ich ein bisschen skeptisch und frage: »Kann ich mir das nicht noch überlegen?«, und Giles antwortet: »Natürlich kannst du das, aber der Index fällt stetig.« »Und was ist mit Mr. Sherlock?«, frage ich. »Du weißt doch, wie Anwälte sind«, sagt Giles. Wenn Ralph mich hätte sehen können, wie ich da fleißig unterschrieb. Er hat mir nie irgendwelche Papiere gezeigt, Giles hingegen ist alles mit mir durchgegangen und hat alles erklärt. Außerdem hat er – und dabei wurde mir ein klein bisschen mulmig – drei oder vier der besten Gemälde mitgenommen, die beiden Standuhren und noch ein paar ausgewählte Wertgegenstände. Er meinte, wenn die Geier von der Steuer vorbeikämen, um die Erbschaftssteuer festzusetzen, dann würden solche Sachen die Summe unnötig in die Höhe treiben. »Aber was ist denn mit der Inventarliste?«, fragte ich, und Giles sagte: »Ach, da stellen wir uns einfach mal dumm und lassen uns Zeit.« Anscheinend machen es alle so. Er wird die Dinge einfach in der Sloane Street unterm Bett verstecken, bis Gras über die Sache gewachsen ist, dann können sie wieder zurück.

Als ich wieder nach oben ging, lag Margaret immer noch auf dem Bett. Wenn sie schläft, sieht sie ganz anständig aus. Papas kleiner Liebling. Gar nicht mehr so klein, diese tollen Beine. Aber wie sagt Mabel? »Sieht aus, als müssten wir uns wieder auf Kliniksuche machen.« Wenn sie wieder eingewiesen wird, könnte ich vielleicht nach Siena fahren. Ich habe allerdings niemanden zum Mitreisen. Vergisst man so leicht.

SCHWARZBLENDE.

Aufblenden auf Muriel, die an einem Tisch sitzt und Briefe schreibt. Nachmittag.

Kein idealer Ort, würde niemand behaupten. Nicht mal Giles. Im Grunde hört man immer von genau solchen Anstalten, dass sie zugemacht und abgerissen werden sollen. War wahrscheinlich mal ein Arbeitshaus gewesen, zur Zeit der Napoleonischen Kriege, und als Gebäude *per se* gar nicht so unangenehm. Für jemanden wie mich, der die Lehren eines Nikolaus Pevsner mit der Muttermilch eingesogen hat und praktisch Gründungsmitglied des *National Trust* war, dürfte natürlich kein einziger Backstein geändert werden. Als Kulturzentrum wäre es hervorragend. Als Museum für Industriegeschichte – was Besseres könnte man kaum finden. Oder als Haus für Handwerk und Kunstgewerbe, Weben und

Töpfern und so, mit einem Schaufenster, wo die Handwerker ihre Waren herstellen und ausstellen könnten … absolut ideal, genau das Richtige. Aber als psychiatrische Klink … oh nein. Nein, nein, nein.

Zum Beispiel das Essen. Das muss über einen Innenhof getragen werden – die Küche liegt so weit weg, man könnte es ebenso gut über eine Grenze transportieren. Eine Toilette pro Stockwerk … Ich habe kurz mal den Kopf hineingesteckt und mir gleich gewünscht, ich hätte es gelassen; kein Telefon in Sicht, und die Betten so dicht zusammengestellt, dass man beim Aufstehen gleich ins nächste hineinfällt. Schrecklich.

Und natürlich muss ich dauernd an Ridgeways denken, an die schöne Tasse Tee, den Salon, diesen makellosen Rasen. Dem guten alten Ralph würde es das Herz brechen. Aber Ridgeways kostet Geld. Hat es schon immer. Am Ersten des Monats, erlauben uns mitzuteilen, bitten unterbreiten zu dürfen, alles sehr höflich, aber bitte, 600 Pfund, zahlbar sofort. Und noch mehr. Und noch mehr. Und wie sagt Giles? »Ist nicht drin, Mum. So viel Geld haben wir nicht.« Wir haben es zwar, aber es ist alles festgelegt.

Unter normalen Umständen hätten wir natürlich mit allen Mitteln versucht, sie weiterhin privat unterzubringen, schon aus Respekt ihrem Vater gegenüber, aber heutzutage spielen wir in einer anderen Liga, wie Giles das nennt. Und das macht ihm zu schaffen. Sehr sogar. Ich wollte, dass er heute mitkommt, aber schon die Vorstellung von der Einrichtung regt ihn so auf, dass er keinen Fuß hineinsetzen mag. Mir geht es im Grunde genauso, aber wo soll das hinführen? Ich dachte an Ralph (als ob ich je an irgendwen anders denke) und sagte mir: »Na komm, Muriel. Du bist Witwe, du hast Zeit genug, wenn irgendwer in der Lage ist, die Ärmel hochzukrempeln, dann du.« Als ich Margaret also heute besuchte, habe ich mir den Namen des Klinikverwalters herausgesucht, früher hieß das mal Almosner, und habe ihn in seinem Büro aufgespürt. Er trug Vollbart und sah ziemlich selbstmitleidig aus. Offensichtlich muss er für jede einzelne Klorolle Rechenschaft ablegen, und wenn er sich Gedanken über irgendwelche Verbesserungen macht und sogar seine eigenen Vorgesetzten davon überzeugen kann, ist er immer noch von der Gnade des regionalen Haushaltsausschusses abhängig.

Ich fragte nach einer Tischtennisplatte. »Ganz meine Meinung«, sagte er. Aber für eine Tischtennisplatte müsste er als Bittsteller nach Ipswich fahren, und das möchte er eigentlich vermeiden, weil auch der Gemüsedämpfer schon auf dem letzten Loch pfeift. Und in den seltenen Fällen, wo er tatsächlich mal ein wenig Spielraum hat, sind ihm meist durch die Gewerkschaft die Hände gebunden. Das Ende vom Lied ist jedenfalls, dass ich jetzt Briefe an alle Leute schreibe, die mir nur einfallen, damit die Klinik in den Genuss von Benefiz-Geldern kommt und sich ein Förderverein gründet. Ich schreibe allen, dass psychische Erkrankungen eine Geißel der Gesellschaft sind. Und auch ein Rätsel, denn sie können auch in bestens geregelten Familienverhältnissen auftauchen. Man soll nur mal an uns denken. Wieso hat es uns getroffen? Liebende Eltern. Ganz normale Kindheit, und dann so was.

Als ich heute Nachmittag hinkam, flocht Margaret gerade einen Korb und stellte sich dabei gar nicht mal so dumm an, wenn man bedenkt. Aber ich kam gerade rechtzeitig, weil sie an der Stelle angekommen war, wo die Griffe in das Korpus integriert werden müssen, und das bekam sie überhaupt nicht hin. Ich setzte mich also hin und zeigte ihr, wie es richtig geht, und am Ende machte ich beide Griffe für sie. Womit sie offenbar sehr zufrieden war. Mit den Händen war sie nie besonders geschickt. Giles war da immer viel findiger.

Apropos Giles: Bei den Anlagen gibt es offenbar eine kleine Krise. Nichts Ernstes. Irgendein Freund hat ihn hängen lassen. Er hat das Kleingedruckte nicht gelesen. Sagt, ich soll mir keine Sorgen machen, allerdings müssen wir uns vielleicht noch ein bisschen mehr einschränken. Ich sage also: »Wenn alle mit anpacken müssen: Papa hatte doch so viele Kontakte in der City; ich könnte ja einen Catering-Service gründen, Geschäfts-Lunch und dergleichen. Gutbürgerliche Küche, kräftig und reichlich.« Giles war nicht überzeugt. Heutzutage wollten die Leute vielleicht eher *Nouvelle Cuisine*. Ich musste lachen. »Glaub das bloß nicht. Männer sind große Schuljungen, waren sie immer schon. Jahrelang habe ich versucht, Ralph zu Salat zu bekehren; und hat es was genützt?« Giles wandte ein: »Nur eine Kleinigkeit, Mum: Woher willst du das Kapital nehmen?« Damit war die Sache also gestorben. Dieses verflixte Liquiditätsdings. Komisch, dass Ralph das nie erwähnt hat.

SCHWARZBLENDE.

Aufblenden auf Muriel in einem kahlen Raum ohne Möbel. Ein offener Koffer. Eine Umzugskiste. Nachmittag.

Gar nicht leicht, die zwei, drei Sachen herauszusuchen, die ich behalten will, wobei ich ganz ehrlich sagen muss, um die meisten Dinge tut es mir gar nicht leid. Ich habe das Gefühl, jetzt sitze ich mehr mit Ralph in einem Boot. Sammelt euch keine Schätze auf Erden. Schauet die Lilien auf dem Felde und so. Das habe ich auch zum Pfarrer gesagt, als der sich umsah. Er fand das eine sehr gesunde Einstellung, und wie viel würde der Beistelltisch aus Walnuss wohl kosten, der würde sich so gut in seinem Flur machen. Riesiger Zeltpavillon auf dem Rasen. Jede Menge Leute marschierten durchs Haus, und Angela Gillespie war keine Sekunde lang weg. Wie schrecklich das sein müsse, sagte sie, fremden Leuten dabei zuzusehen, wie sie die liebsten Besitztümer durchwühlten. »Ja«, sagte ich, aber eigentlich finde ich es gar nicht. Leid tut mir vor allem Mabel, die das alles jahrelang pflegen und polieren durfte. Aber sie verstand sich prächtig mit den Angestellten des Auktionshauses, die alle so behutsam und höflich waren, dass ich jeden von ihnen auf der Stelle geheiratet hätte. Angela regte sich auf, dass so viele Antiquitätenhändler da seien, die würden die Preise hochtreiben, und ich dachte mir: gut so. Aber wie viel es auch einbringen mag, es wird doch nur ein Tropfen auf dem heißen Stein bleiben.

Irgendwann zog Angela die Duttons in eine Ecke und fing an, ihnen die Geschichte zu erzählen. Dass Giles schon immer ein falscher Fünfziger gewesen sei. Ich drehte mich um und sagte, sie wisse ja gar nicht, wovon sie rede, es sei tatsächlich ein Fehler passiert. »Ein Fehler?«, sagte sie. »Hunderte von Leuten verlieren sämtliche Ersparnisse, und das war bloß ein Fehler?« »Was glauben Sie denn, wieso ich hier alles verkaufe?«, fragte ich. »Es war nicht Ihre Schuld«, sagte sie. »Wieso sollten Sie dafür büßen? Das macht mir Kummer, Muriel, es ist einfach nicht fair Ihnen gegenüber.« Fair oder nicht, den Eckschrank hat sie trotzdem gekauft. Auf den hatte sie schon seit Jahren ein Auge geworfen.

Ich glaube schon, dass Giles es verpfuscht hat. Aber nicht, dass es böse Absicht war. Er ist einfach nicht besonders helle. Die Wohnung in der Sloane Street ist auf Pippa eingetragen, das ist immerhin ein Segen, und die Schulgebühren wurden schon vor Jahren mündelsicher angelegt, es ist also nicht alles finster. Ich saß unter der Kastanie, während die Auktion lief, und überlegte, dass ich nichts von alledem hätte erleben müssen, wenn Ralph nicht gestorben wäre. Dann hörte ich ihn sagen: »Kopf hoch, mein altes Mädchen«, und ich stand auf und half beim Teeausschenken. Margaret habe ich es noch nicht erzählt. Ihr Psychiater, der wie ein Teenager aussieht, meint, es sei nicht der richtige Zeitpunkt. Weil er gerade Zeichen der Besserung feststellt. Letzte Woche hat Margaret ihm Tulpen mitgebracht. Hat sie aus einem Beet der Klinik gepflückt. Ich entschuldigte mich und bot an, ihnen ein paar von meinen Tulpenzwiebeln zu geben. Auf gar keinen Fall, sagte er, das sei doch ein Zeichen, dass sie sich mehr zutraue. Dann wollte er wissen, was mit Ralph und Margaret gewesen sei. »Inwiefern?«, fragte ich. »Ganz allgemein. Als sie klein war.« »Ralph mochte sie gern«, sagte ich. »Sie war sein kleines Mädchen.« »Ja«, sagte er.

Später ging ich mit den Hunden den Hügel rauf. Die müssen als Nächstes weg, nehme ich an. Verfluchter Psychiater.

SCHWARZBLENDE.

Aufblenden auf Muriel in einfachem Pensionszimmer. Abend.

Heute bei Tagesanbruch habe ich meinen guten alten grünen Badeanzug herausgeholt und habe eine halbe Stunde frisch und fröhlich die Wellen geteilt. Der Badeanzug hat schon bessere Tage gesehen, oben herum haben sich die Motten schon gütlich getan, aber es waren bloß ein oder zwei tapfere Gestalten mit Hunden am Strand unterwegs, ich habe also niemanden verstört.

Kam zurück und hatte richtig Schmacht im Leib, also briet ich mir ein Ei im Ring, setzte mich in die Fensterbank und aß es auf einer Scheibe Vollkornbrot. Da scheint um die Zeit eine Stunde lang die Sonne rein, herrlich. Dann räumte ich das Zimmer auf, erledigte ein, zwei Kleinigkeiten, machte mich auf zur Bibliothek, schlenderte noch einmal durch die Drogerie, und schon war Zeit fürs Mittagessen – erstaunlich, wie die Zeit vergeht. Wenn ich mir überlege, was ich früher an einem Tag so alles geschafft habe, dann frage ich mich, wie.

Bin jetzt ungefähr einen Monat hier. Habe es über eine Anzeige in *The Lady* entdeckt: Sledmere heißt die Siedlung, »Ferienapartments« nennen sie es. Ist natürlich Nebensaison jetzt, daher ganz erschwinglich. Die Stadt habe ich noch nicht so ganz eingeordnet. Ich bin überzeugt, es muss hier so was wie gesellschaftliches Leben geben, aber ich habe es noch nicht ausfindig gemacht. Habe mit einer jungen Frau im Rathaus gesprochen, blaue Fingernägel, aber sonst ganz zivilisiert. Hat mich gefragt, ob ich Interesse an ›Essen auf Rädern‹ hätte. »Unbedingt«, sage ich. »Ich war mal verantwortlich für Essen auf Rädern in ganz Sudbury«; jede Menge Erfahrung. Nicht mehr die Sportlichste, aber geistig noch beweglich genug. Sie sah ein wenig verständnislos drein. Dann wurde klar, sie wollte wissen, ob ich Essen bekommen wollte. »Im Leben nicht«, sagte ich. Aber die Botschaft habe ich verstanden. Das alte Mädchen ist jenseits von Gut und Böse. Daher bin ich wohl auch schwimmen gegangen, nehme ich an.

Aber ich schreite aufrecht weiter, und noch bin ich ja nicht im Armenhaus gelandet. Ich gehe viel durch alle Läden, und wenn ich Glück habe, treffe ich Angela Gillespie, die ihre Mutter hier im Altenheim hat und deshalb gelegentlich herkommt. Wir trinken einen Kaffee und schwatzen über alte Zeiten. Das kann ich allerdings nicht allzu oft machen. Frühstückskaffee kostet heutzutage anscheinend ein Vermögen. Und ich muss auch gar nicht unbedingt Kaffee haben. Ich komme auch so mit jedem ins Gespräch. Neulich habe ich mit einem dieser jungen Männer in Orange geplaudert, die in der Einkaufsstraße Tamburine schlagen. Kam auf mich zu, schüttelte seine Bettelschüssel, den Kopf geschoren, aber sonst ganz vernünftig. Seiner Ansicht nach ist das Leben eine Art Training. Ein Versuchslauf. Er meint, beim nächsten Mal kriegen wir eine bessere Rolle. Auch nicht unvernünftiger als alles andere, finde ich. »Na, ich hoffe nur, es muss nicht in Hunstanton sein«, habe ich gesagt. *(Sie lacht.)*

Der breite Silberstreif am Horizont ist allerdings Margaret. Es geht ihr um Längen besser, sie hat abgenommen, diese schreckliche Strickjacke abgelegt und sich zu einer recht gut aussehenden jungen Frau entwickelt. Bisher noch im Wohnheim, hat aber vor, sich eine kleine Wohnung zu besorgen. Ist letzte Woche zu Besuch gekommen und meint, nächstes Mal könne sie selbst fahren: In zehn Tagen hat sie Führerscheinprüfung. Ein Wunder. Hat mich zum Mittagessen ausgeführt wie ein ganz normales Mädchen. Hat über Ralph gesprochen et cetera. Gibt ihm keine Schuld, wünscht sich, er wäre noch am Leben. Ich weiß nicht, was ich von ihm denken soll. Ich glaube, am ehesten tut er mir leid. Sie hat bezahlt und Trinkgeld gegeben, als hätte sie ihr ganzes Leben nichts anderes getan. Sie ist natürlich gut versorgt, Ralph hat für sie alles so sicher angelegt, dass nicht mal Giles es in die Finger kriegen konnte, der Schlingel.

Ihn und Pippa kriege ich nicht mehr oft zu sehen, habe jetzt seit einem Monat keinen Ton mehr von ihnen gehört. Kommt nicht gern her, sagt er, es nimmt ihn zu sehr mit. Weiß gar nicht, wieso. Mich nimmt es nicht mit. Die Kleinen vermisse ich. Sind gar nicht mehr so klein, Lucy müsste jetzt zwölf sein. Zwölf ist ja schon so gut wie fünfzehn. Bald verheiratet. Ich hatte mir immer vorgenommen, die Bilderbuch-Oma zu sein, mit ihnen in *Peter Pan* und ins Naturkundemuseum zu gehen. Soll nicht sein. Wieder ein Traum geplatzt.

Meine große Leidenschaft ist jetzt die Flimmerkiste. Hat mich vorher nie interessiert. Inzwischen sehe ich den ganzen Tag fern. Und ich bin keine anspruchsvolle Zuschauerin, keine Sorge. Ich schaue jeden Quatsch. Australische Nachmittagsserien, alles. Klebe am Bildschirm. Richtiger ›Fan‹.

Die Sätze werden jetzt zusammenhangloser, gebrochener.

Manchmal frage ich mich, ob ich Ralph umgebracht habe. Diese vielen todbringenden Frühstücke. Das Wetter in letzter Zeit war kaum der Rede wert. Heute esse ich viel weniger. Ein Brötchen mit Butter reicht lange hin.

Sie nimmt einen Walkman mit Kopfhörern in die Hand.

Mein neues Spielzeug. Habe Kinder damit rumlaufen sehen, mir nie klargemacht, was es ist. Dann in der Fußgängerzone einen jungen Mann gebeten, mal hören zu dürfen. Eine Offenbarung. Habe gespart und einen gekauft. Kassetten hole ich mir aus der Bücherei. Ist sein Gewicht in Gold wert. Herrlich.

Sie setzt den Kopfhörer auf und spricht von nun an zu laut und unvermittelt.

Sie sollten aber nicht denken, dass meine Geschichte tragisch ist.

Pause.

Ich bin keine tragische Figur.

Pause.

Der Typ bin ich nicht.

Ausblenden zu schwach hörbarer Musik, vielleicht Johann Strauß.

Ein Kräcker unterm Kanapee

Doris ist Mitte siebzig, das Stück spielt in Wohnzimmer und Flur ihrer Doppelhaushälfte. Sie sitzt etwas unbeholfen auf einem niedrigen Sessel und reibt sich das Bein. Morgen.

Wie kann man nur so etwas Dummes tun?

Pause.

Ich hätte nie versuchen sollen, Staub zu wischen. Zulema sagt mir jedes Mal, wenn sie kommt: »Doris. Versuchen Sie nicht, Staub zu wischen. Staubwischen ist meine Domäne. Dafür werde ich von der Stadt bezahlt. Sie sind jetzt im Ruhestand. Für Sie ist das Staubwischen Vergangenheit.« Was ja auch in Ordnung wäre, wenn sie denn Staub wischte. Aber Zulema wischt nicht. Sie verwischt. Ich weiß genau, was sauber ist und was nicht.

Wenn sie weggeht, sagt sie: »Doris. Ich möchte nicht zu hören kriegen, dass Sie den Staubsauger angefasst haben. Staubsauger berühren verboten.« »Aber ich könnte doch gelegentlich eine kleine Runde damit drehen«, sage ich. »Sie drehen gar keine Runden. Sie stehen hier unter Beobachtung.« »Weshalb denn?«, frage ich. »Weil Sie allein wohnen. Weil Sie unvernünftig sind. Weil Sie sich nicht verhalten wie eine Fünfundsiebzigjährige mit Herzschrittmacher, die Schwindelanfälle hat und nicht mehr so klar im Kopf ist wie früher.« »Jawohl, Zulema«, sage ich.

»Sie begreifen einfach nicht, Doris«, sagt sie, »dass nur ich zwischen Ihnen und dem Altenheim stehe. Ich muss über Sie Bericht erstatten. Die Leute vom Sozialamt fragen mich jedes Mal: ›Und,

Zulema, wie kommt sie zurecht? Wäre sie im Altenheim nicht besser aufgehoben?‹« Ich sage ihr: »Man steckt doch Leute nicht einfach ins Altenheim, weil sie mit dem Staubsauger herumlaufen.« »Nein«, sagt sie. »Sie tun, was sie können, um die Leute in ihrer gewohnten Umgebung zu lassen. Aber Sie müssen ihnen auch entgegenkommen, Doris. Sie sind fünfundsiebzig. Ziehen Sie die Hörner ein. Sie müssen die Platten draußen nicht mehr wischen. Sie müssen das Bad nicht mehr putzen. Lassen Sie den Schmutz warten. Er wird sie nicht umbringen. Ich komme jede Woche.«

Ich war froh, als sie weg war, mit ihrem Kommando-Ton. Ich blieb ein bisschen sitzen und schaute hoch zu Wilfred und mir auf dem Hochzeitsfoto. Und ich dachte mir: »Ich möchte doch wetten, Zulema, da oben auf dem Rahmen hast du nicht Staub gewischt.« Früher bin ich so drangekommen, aber das schaffe ich nicht mehr. Also habe ich die Anrichte herangeschoben und bin hinaufgeklettert. Und sie hatte nicht gewischt. Dicke Staubschicht. Haushaltshilfe. Wohl eher Haushaltshürde. Besser, man macht alles selber. Ich wischte also gerade noch mal drüber, als die verflixte Anrichte umkippte.

Pause.

Man kommt sich so dämlich vor. Ich höre Zulema schon: »Habe ich's Ihnen nicht gesagt, Doris.« Ich glaube allerdings, mir ist nichts passiert. Mein Bein fühlt sich ein bisschen taub an, aber ich habe es wieder auf den Stuhl geschafft. Ich werde einfach sitzen bleiben und wieder zu mir kommen. Schüttelt einen doch ein bisschen durch, so ein Sturz.

Pause.

Sage einfach nicht, dass ich Staub gewischt habe.

Sie stopft das Staubtuch seitlich neben das Sesselpolster.

Staubwischen ist verboten.

Sie schaut das Hochzeitsfoto an, das am Boden liegt.

Das Bild hat einen Sprung. Wir haben einen Sprung, Wilfred.

Pause.

Das Tor ist schon wieder offen. Ich dachte, es sei zugeweht, aber jetzt ist es aufgeweht. Bamm Bamm Bamm, den ganzen Vormittag, und den ganzen Nachmittag wird es auch scheppern.

Da kommen Hunde reingelaufen, alles Mögliche. Das hätte Zulema nämlich zumachen sollen, hat sie aber nicht.

Pause.

Der Riegel ist lose, das ist die Wurzel des Übels. Muss schon seit Jahren gemacht werden. Ständig habe ich zu Wilfred gesagt: »Wann machst du endlich mal dieses Gartentor?« Aber nein. Immer die gleiche Leier. »Keine Sorge, Mutter. Das habe ich schon auf der Liste.« Habe ich nie gesehen, die Liste. Es gab keine Liste. Bloß ich hatte eine. Wilfred hatte überhaupt kein System. »Wenn ich mal eine Minute Zeit habe, Doris.« Jetzt hat er seine Minute, Gott hab ihn selig.

Pause.

Fühlt sich komisch an, das Bein. Gar nicht da.

Pause.

Jetzt kommen ein paar Blätter runter. Gegen Bäume hätte ich ja nichts, wenn sie keine Blätter hätten, die überall auf dem Weg herumliegen. Zulema rührt sie nicht an. Wenn ich Blätter geharkt haben will, sagt sie, soll ich mich ans Gartenbauamt wenden.

Es wäre mir ja egal, wenn es meine Blätter wären. Sind aber nicht meine Blätter. Sondern die von den Nachbarn. Wir haben keine Blätter. Das weiß ich bestimmt. Wir haben bloß den einen kleinen Busch, und der ist immergrün, darum bin ich sicher, dass es nicht unsere Blätter sind. Andere Leute wissen das aber nicht. Sie sehen den Busch und den Weg und denken: »Das da sind ihre Blätter.« Sind es aber nicht.

Ich sollte einen Zettel ans Tor hängen. »Nicht meine Blätter.« Auch nicht mein Bein, habe ich das Gefühl. Eingeschlafen.

Pause.

Um ganz ehrlich zu sein, habe ich den Busch gar nicht gewollt. Wir haben lange genug darüber debattiert. »Wilfred«, habe ich gesagt. »Ist das ein Busch, der Dreck machen wird?« »Doris«, hat er geantwortet. »Du kannst ganz beruhigt sein. Diese Sorte Busch ist sehr pflegeleicht«, und er zieht den Gartenkatalog hervor. »›Diese Zeit und Arbeit sparende Varietät wird gerade von Rentnern sehr geschätzt.‹ Und außerdem ist der Garten meine Domäne.« Garten! Gerade mal so groß wie ein Tischtuch. »Wenn ich die Wahl gehabt hätte, Wilfred«, habe ich gesagt, »wäre mir Beton lieber gewesen.« »Doris«, hat er gesagt, »Beton hat keinen Charakter.« »Ich pfeife auf den Charakter, Wilfred«, habe ich gesagt, »an welcher Stelle steht denn Hygiene?« Bei Beton hat man ein ruhiges Gewissen. Aber nein. Er muss ja seinen kleinen Garten haben, auch wenn es nur ein Busch ist. Jetzt hat er seinen kleinen Garten, aber der liegt voller Blätter, möchte ich wetten. Gräber, Gärten, alles braucht Pflege.

In einer Minute werde ich mich bewegen. Mal sehen, ob ich Wasser aufsetzen kann. Na komm, Bein, wach auf.

SCHWARZBLENDE.

Aufblenden auf Doris, die mit dem Rücken an der Wand auf dem Boden sitzt. Auch der Rand eines gekachelten Kamins ist noch im Bild.

Sieh mal einer an, ein Kräcker unterm Kanapee. Wie lange der da wohl schon liegt? Ich kann mich gar nicht erinnern, wann ich zuletzt einen Kräcker gegessen habe. Diese Zulema macht wirklich gar nichts.

Den Kräcker werde ich aufheben, und wenn sie das nächste Mal vom Altenheim anfängt, dann halte ich ihn ihr unter die Nase. »Kommen Sie mir nicht mit Altenheim, gute Frau«, werde ich sagen. »Dieser Kräcker lag unterm Kanapee. Ich muss ihn bloß an den Leiter des Sozialamts schicken, dann stehen Sie auf der Straße. Dann bin ich vielleicht im Altenheim, Zulema, aber Sie im Arbeitsamt.«

Ich bin unterwegs zum Fenster, aber ich komme nicht recht voran. Ich werde an die Scheibe klopfen. Irgendwen aufmerksam machen. Weiß nicht wen. Kenne niemanden mehr hier in der Gegend. Nicht mal die Leute gegenüber kenne ich. Früher waren das die Marsdens. Mr. und Mrs. Marsden und Yvonne, die komische Tochter. Wohnten da jahrelang.

Schon bevor wir herzogen. Dann ist er gestorben, dann sie auch, und Yvonne ist irgendwo anders hin. In ein Heim, nehme ich an.

Nach ihnen kam eine ziemlich gepflegte Frau. Hat bei Wheatley & Whiteley gearbeitet, hatte so einen dreiviertellangen Mantel. Hat immer die Spendenumschläge für die Blinden ausgetragen. Dann ist sie ausgezogen, und dann war es ein Kommen und Gehen. Man kommt nicht mehr mit. Ich glaube, die Hälfte von ihnen ist nicht mal verheiratet. Alle Arten von Menschen. Kommen in den Garten und benehmen sich wie die Tiere. Und am nächsten Morgen finde ich die Spuren.

Pause.

Also, Wilfred.

Pause.

Ich kann mich ins Bein kneifen: nichts.

Pause.

Müsste einen Hund haben. Dann könnte er jemanden herbeibellen. Wilfred wollte immer unbedingt einen Hund. Ich war nicht so versessen darauf. Überall die Haare, und dann muss man alle fünf Minuten mit ihm raus. Wilfred meinte, diese Verantwortung wolle er auf sich nehmen. Der Hund wäre seine Domäne. »Ach, und wessen Domäne wären die ganzen kleinen Haare?«, habe ich gesagt. Am Ende gab ich nach, bestand bloß darauf, dass er eher klein sein sollte. Ich wollte keinen von diesen großen Straßenlampenschnüfflern mit Schlabberzunge. Aber wir kriegten sowieso nie einen. Die gleiche Geschichte wie bei der Pilzzucht im Keller.

Er kam einfach nie dazu. Ein Kind hätte ihm das alles ausgetrieben. Diese ganzen verrückten Ideen. Wie die Laubsägearbeiten – Spielzeuge und Forts und was nicht alles. Jede Menge Geld wollte er damit machen. Und dann der imaginäre Kleingarten. Ach ja, Porree und Frühkohl und ich weiß nicht was noch wollte er nach Hause bringen. »Wir wären in Gemüsefragen Selbstversorger, Doris.« Wurde nie was draus. Ich war froh darüber. Hätte sicher bloß Schmutz gebracht.

Hallo. Da kommt jemand. Rettung.

Sie reckt den Hals in Richtung Fenster.

Junger Freund. Hallo. Hallo.

Sie fängt an zu winken.

So ein dreister Bengel. Macht da einfach hin. He!

Sie ruft.

He! Ab mit dir. Weg da. Verschwinde, du Satansbraten. Ist das zu glauben? Hinter unser Gartentor. Am helllichten Tag. Das stinkt doch.

Pause, in der sie bemerkt, was sie gerade getan hat.

Er hätte sowieso nicht gewusst, was er tun soll. War ja nur ein kleines Kind. Der Polizist kommt ja hin und wieder vorbei. Wenn ich den erwische. Vielleicht ist es an der Tür besser. Wenn ich es bis dahin schaffe, kann ich sie aufmachen und warten, bis jemand vorübergeht.

Sie versucht, sich hochzustemmen.

Dafür kriegt man wahrscheinlich diese Stützgestelle.

Schwarzblende.

Aufblenden auf Doris, die im Flur auf dem Fußboden sitzt, den Rücken an der Tür, den Briefschlitz überm Kopf.

Hier hatten wir den Kinderwagen stehen. Man kam gar nicht mehr daran vorbei. Das waren noch richtige Kinderwagen, mit Federung und Dach. Große Räder. Schon fast ein Auto. Nicht so ein Klappding. Man war stolz auf seinen Kinderwagen. Wilfred hatte ihn in der *Evening Post* entdeckt. Ich habe gesagt: »Nun mal keine voreiligen Entschlüsse, Wilfred.« »Bei dem Preis, Doris?«, hat er gesagt. »So eine Gelegenheit kommt nur einmal im Leben.«

Pause.

Unter dieser Tür durch zieht es wie Hechtsuppe. Ich komme nicht ans Schloss. Auch so eine von Zulemas Vorschriften. »Abschließen und die Kette vorhängen, Doris. Man weiß nie, wer an die Tür kommt. Vielleicht hat er keine ehrlichen Absichten.« Ehrliche Absichten. Mit ehrlichen Absichten kommt kein Mensch an meine Tür.

Letzte Woche kam so ein Pärchen. Krakeelten an der Tür. Die hatten keine ehrlichen Absichten, die hatten eine Bibel. »Gute Nachrichten«, riefen sie andauernd. »Gute Nachrichten!« Aber das Tor haben sie offen gelassen, gute Nachrichten hin oder her. Die sollten sich mal überlegen, worauf es ankommt. So was sollten sie schon in ihren Vorbereitungskursen lernen. Heuchelei und Pharisäertum ist das. Jedenfalls nach meinen Geboten. »Gott lieben und alle Tore schließen.«

Sie schließt die Augen. Wir hören schnelle Schritte auf dem Gartenweg, der Briefschlitz öffnet sich, eine Wurfsendung flattert herein. Sie öffnet die Augen, während die Schritte sich rasch wieder entfernen.

Hallo, hallo.

Sie schlägt gegen die Tür hinter ihr.

Hilfe, Hilfe. Ach, verflixt.

Sie versucht an das Werbeblatt zu kommen.

Was ist es denn? Taxi-Service? »Wir reparieren Ihr Dach?«

Sie erwischt den Zettel.

»Großer Teppichverkauf«. In Kirchen verkaufen sie heutzutage Teppiche. Oder die Sikhs sitzen drin.

Pause.

Ich wollte ihn John nennen. Die Hebamme meinte, man könne ihm noch gar keinen Namen geben, und ob wir alte Zeitungen hätten. »Aber ja«, sagte Wilfred, »sie hebt Zeitungen auf. Schuhkartons auch.« Da muss ich eingeschlafen sein, als ich nämlich wieder aufwachte, war sie weg. Ich wollte ihn sehen. Ihn in Zeitung einwickeln, als ob er schmutzig sei. War nicht schmutzig, das kleine Ding. Ich glaube, Wilfred hat es nichts ausgemacht. Ein Kind. War auch nichts anderes als der Kleingarten oder die Laubsäge. Bloß so eine Mode. »So ist es besser für uns, Doris«, sagte er. »Bloß wir beide.« Zu der Zeit fing er auch an, von einem Hund zu reden.

Wäre es am Leben geblieben, hätte ich jetzt vielleicht Enkelkinder. Steckte nicht in diesem Schlamassel. Töchter sind am besten. Die ziehen nicht weg.

Pause.

Ich muss jetzt auch mal wegziehen hier, sonst hole ich mir den Tod.

Sie kneift sich ins andere Bein.

Jetzt wird das auch noch taub.

Sie hebt das Hochzeitsfoto auf.

Na komm, Vater. Na komm, taubes Bein.

SCHWARZBLENDE.

Aufblenden auf Doris, die mit dem Rücken am Kanapee lehnt, unter dem sie den Kräcker entdeckt hat. Es wird dunkel.

Dieses Kleid habe ich schon seit Jahren. Hat mir eine gelähmte Frau geschneidert, die in der Tong Road gewohnt hat. Die hat mir auch ein kleines Jerseykostüm gemacht, das ich zu meinen hellbraunen Pumps tragen konnte. Habe ich, glaube ich, noch irgendwo. Oben. Weggepackt. Ich habe unzählige Kissenbezüge, manche haben wir schon zur Hochzeit geschenkt bekommen. Nie benutzt. Und die Decke, die ich für die Wiege gestrickt habe. Die ganzen kleinen Jäckchen und Mützchen.

Sie lässt die Hand auf den Boden sinken.

Da ist ja dieser Kräcker.

Sie wischt darüber.

Noch ganz in Ordnung.

Sie isst ihn.

Krümelt allerdings wie verrückt. Muss ich wohl mal heimlich mit dem Staubsauger drübergehen. »Doris. Staubsauger berühren verboten.« Für sie anscheinend auch, wenn man sich so umsieht. Ein Kräcker unterm Kanapee. Man sollte sie melden. Kann ich aber jetzt nicht mehr. Ich habe den Beweis vernichtet.

Pause.

Ich könnte einen anderen Kräcker drunterlegen, würde keiner merken. Aber vielleicht würden sie auch glauben, dass ich es selber war. »Kekse unterm Kanapee verstecken, Doris. Sie sind nicht mehr in der Lage, allein zu wohnen. Im Altenheim sind Sie besser aufgehoben.«

Pause.

Wir waren immer allein, Wilfred und ich. Wir waren nicht gesellig. Einfach nicht von der geselligen Sorte. Er hat zwar geglaubt, er wäre gesellig, war er aber nicht.

Unter Leute. Ich will nicht unter Leute. Wenn es aufs Ende zugeht, glauben plötzlich alle, man will unter Leute. Ich will nicht in eine Horde alter Schachteln gesteckt werden. Die riechen alle nach Urin. Und die Hälfte ist schon ein bisschen daneben und trommelt auf Tamburinen herum. Da drinnen muss man ja aus der Spur kommen, bleibt einem ja nichts anderes übrig. Die Kleider anderer Leute anziehen müssen. Sogar die Zähne werden manchmal vertauscht. Und dieses Gesinge. »Heute bin ich F.R.O.H.« Ich bin nicht F.R.O.H. Ich bin un-F.R.O.H. Wäre ich dort jedenfalls.

Und Zulema sagt: »Sie sehen das falsch, Doris. Sie sind nicht auf dem Laufenden. Heute hat jeder seinen eigenen Schrank. Und Blumenrabatten. Sie kriegen die Haare frisiert. Sie machen Ausflüge nach Wharfedale.« »Ja«, sage ich. »Und riechen nach Urin.« »Sie haben doch Vorurteile«, sagt sie. »Habe ich auch«, sage ich, »wenn es um Hygiene geht.«

Als die Menschen noch sauber waren und die Straßen auch, als alles noch sauber war und man einfach auf die Straße gehen konnte, als die Leute einen anlächelten und grüßten, da habe ich die Tür einfach angelehnt gelassen und bin zum Laden gegangen, habe ein paar Pralinen besorgt, und wenn ich zurückkam, war Wilfred nach Hause gekommen, hatte das Tischtuch aufgelegt, die Teller aufgedeckt, und dann aßen wir zu Abend. Dann räumten wir die Töpfe beiseite und ich wusch ab, während er die Zeitung las, und dann aßen wir die Pralinen und hörten Radio, vor so vielen Jahren, als wir frisch verheiratet waren und ich das Baby erwartete.

Doris und Wilfred. Heute heißt kein Mensch mehr Doris. Wilfred auch nicht. Solche Namen gehören ins Museum. Im Altenheim heißen sie alle so. Alice und Doris. Mabel und Gladys. Antiquitäten. Zum Wegschließen in Vitrinen. »Wie heißen Sie? Doris? Ach so. Dann packen Sie Ihre Koffer. Sie gehören ins Altenheim.«

Ins Heim. Ich nicht. Keine Sorge.

Sie schließt die Augen. Pause.

POLIZISTENSTIMME: Hallo. Hallo.

Doris öffnet die Augen, sagt aber nichts.

Alles in Ordnung bei Ihnen?

Pause.

DORIS: Nein. Alles in Ordnung.
POLIZIST: Sind Sie sicher?
DORIS: Ja.
POLIZIST: Ihr Licht war nicht an.
DORIS: Ich habe ein Nickerchen gemacht.
POLIZIST: Entschuldigung. Machen Sie es gut.

Er geht.

DORIS: Vielen Dank.

Sie ruft noch einmal.

Vielen Dank.

Lange Pause.

Jetzt hast du es getan, Doris. Ich habe es getan, Wilfred.

Pause.

Wenn ich doch bloß schon fürs Bett zurechtgemacht wäre. Gewaschen, sauberes Nachthemd an, Wärmflasche unter der Decke, alles schön frisch und sauber, wie früher, als ich klein war, wenn abends gebacken wurde. Wenn ich vor dem Herd saß, noch mit langen Haaren.

Ihre Augen fallen zu, und sie singt ein wenig vor sich hin. Das Lied, an das sie sich nur halb erinnert, ist »My Alice Blue Gown«.

Pause.

Macht nichts. Jetzt ist es sowieso vorbei.

Das Licht verlischt.

Nachwort

Diese sechs Monologe wurden 1987 für die BBC geschrieben und aufgezeichnet. Man neigt oft zu der Annahme, dass die Form eines Stücks sich von selbst ergibt, dass das Material in einer bestimmten Art und Weise angeordnet werden muss, so und nicht anders. Ich wäre froh, wenn ich das auch für diese Stücke sagen könnte, aber ich glaube, es stimmt nicht. *Ein Splitter im Zucker* beispielsweise oder auch *Ein Bett zwischen Linsen* hätten auch ausgewachsene Theaterstücke werden können. Es wäre spaßig, Mrs. Whittakers Galan Mr. Turnbull (und seinen dreiviertellangen Mantel) tatsächlich zu Gesicht zu bekommen, oder Mrs. Shrubsole bei ihren hemmungslosen Blumenarrangements – sie also selbst zu sehen, und nicht nur durch Grahams oder Susans Augen, die uns von ihnen erzählen. Aber dann wären es andere Geschichten, objektivere, rundere Geschichten, die außerdem den beschriebenen Personen gerechter würden. Denn schließlich erzählt keiner dieser Sprecher die ganze Geschichte. Susans Mann Geoffrey ist womöglich viel netter und geduldiger, als sie ihn darstellt; und Mr. Turnbull ist vielleicht auch nicht ganz so gewöhnlich (»hätte Buchmacher sein können«), wie der eifersüchtige Graham gern glauben machen will. Wären diese Monologe richtige Stücke, gäbe es Raum für Einschränkungen und mildernde Umstände, für Zugeständnisse und Nachsicht, für andere Blickwinkel. Doch stattdessen gibt es jeweils nur eine Sicht der Dinge, die des Sprechers, der mit der Kamera allein ist, und da der Rest der Geschichte vom Betrachter bebildert und bevölkert werden muss, wird ihm mehr Vorstellungskraft abverlangt. In dieser Hinsicht ähnelt ein solcher Monolog im Fernsehen eher einer Kurzgeschichte als einem Theaterstück.

Es ist allerdings, zugegeben, eine reduzierte Form der Kurzgeschichte, und der Stil ist daher notwendigerweise ebenfalls reduziert und schmucklos. Um erzählte Rede einzuleiten, braucht es nicht mehr als »sagt« oder »sagte«, denn wo in der Belletristik ein ganzes Arsenal an Ausdrücken zur Verfügung steht (»rief aus«, »erwiderte«, »stöhnte auf«, »säuselte«), würde derlei in einer Sprechsituation zu literarisch oder gekünstelt wirken. Auch Adverbien (»bemerkte sie barsch«) scheinen zu viel des Guten oder erhalten zumindest auf den Lippen eines ansonsten unverstellten, schmucklosen Sprechers unangemessenes Gewicht. Denn schmucklos sprechen diese Figuren. Sie wissen gar nicht genau, was sie eigentlich sagen, sie erzählen eine Geschichte, deren Bedeutung sie im Grunde nicht genau kennen. In *Ein Splitter im Zucker* will Graham nicht akzeptieren, dass er mit seiner Mutter verheiratet ist, ebenso wenig sieht Mrs. Ruddock in *Frau mit Füllfederhalter* ein, dass sie eben keine im öffentlichen Interesse handelnde Tugendhüterin ist. Muriel weiß am Ende von *Aufrecht weiter* zwar, dass ihr Mann ihre Tochter zerstört hat, aber vermag nicht zu erkennen, dass sie selbst großen Anteil daran hatte. Lesley glaubt in *Ihre große Chance*, dass sie als Mensch wie als Schauspielerin einiges zu bieten hat, und Susan, die Pfarrersfrau in *Ein Bett zwischen Linsen*, ignoriert, dass nicht bloß die Verkäuferin im Spirituosenladen, sondern die ganze Kirchengemeinde weiß, dass sie trinkt. Nur Doris, die alte Dame, die in *Ein Kräcker unterm Kanapee* gestürzt ist und sich die Hüfte gebrochen hat, ist sich bewusst, dass dies ihr Ende bedeutet, doch wenn ihr auch klar ist, dass ihr besessenes Staubwischen zu ihrem Fall geführt hat, kommt ihr doch nicht der Gedanke, dass die gleiche Obsession auch ihren Mann ins Grab gewischt hat.

Wie schon bei früheren Sammlungen von Fernsehspielen war ich beim Lesen schockiert, so viele Wiederholungen und Parallelen zu entdecken. Es gibt Horden von ehrenamtlichen Hilfskräften, zahllose Sozialarbeiter, und wenn es an der Tür klopft, steht wahrscheinlich ein vollbärtiger Pfarrer davor. Sogar Emily Brontë taucht zweimal auf. Ich habe mich also der Wiederholung schuldig gemacht, doch in einem anderen Fall plädiere ich auf nicht schuldig. Der Verdacht der Kindesmisshandlung in *Frau mit Füllfederhalter* und die Andeutung derselben in *Aufrecht weiter* legen die Vermutung nahe, ich wolle mich eines aktuellen Themas bedienen. Instinktiv flüchte ich jedoch in solchen Fällen meist in die entgegengesetzte Richtung, und die beiden Stücke waren längst geschrieben und produziert, ehe das Thema regelmäßig in den Schlagzeilen auftauchte. Da mehrere der Figuren schlechte Erfahrungen mit Angestellten der Sozialbehörden machen, könnte man auch hier eine derzeit beliebte Haltung wittern. Vor allem in der Boulevardpresse werden Sozialarbeiter heutzutage gern allgemein (und begeistert) verdammt. Ich habe wenig Erfahrung mit ihnen, aber mit *Sun* oder *Daily Express* in eine Reihe gestellt zu werden wäre mir doch sehr zuwider. Meine Kritik an den Sozialbehörden und ihren Mitarbeitern bezieht sich nicht auf ihre lobenswerte praktische Arbeit, sondern auf den Jargon, der dabei gelegentlich verwendet wird. Grahams Satz »Ich habe nichts gegen Geschlechtsverkehr. Sie ist meine Mutter« ist ein Protest gegen die Sprache.

Einige Ereignisse in diesen Geschichten gehen auf tatsächliche Vorfälle in meinem Leben zurück, auch wenn die tatsächliche Verbindung oft sehr schmal ist. Die Trauerfeier, mit der *Aufrecht weiter* beginnt (allerdings keine der anwesenden Figuren), wurde durch die Beerdigung des Vaters des Komponisten George Fenton angeregt, der als Kriegsgefangener in Schloss Colditz saß und wie Ralph ein buntes und bewegtes Leben geführt hatte. Vieles in *Ein Bett zwischen Linsen* (darunter auch der Küster, Mr. Medlicott) stammt aus meiner frühen Kindheit, doch die Ernüchterung und Distanz der Pfarrersfrau Susan kann ich auf einen Satz zurückführen, den ich beim Aufschlagen des Gesangbuches in der Schulkapelle der Giggleswick School las, in kleinen, furchtsamen Lettern aufs Vorblatt geschrieben: »Hau ab, Jesus«. Von den sechs Figuren ist eigentlich nur Lesley, die Nebendarstellerin, ein moderner Charakter (wiewohl auch sie eher altmodisch wirkt). Sie und Dutzende wie sie haben für die Filme und Fernsehspiele vorgesprochen, die ich in den letzten Jahrzehnten geschrieben habe. Eine der ersten an Lesley erinnernden Figuren, die mir begegneten, war ein Junge, der eine Rolle in *Forty Years On* übernehmen wollte. Der Regisseur hatte ihn gefragt, welche Erfahrungen er schon hatte:

»Ich habe in George Bernard Shaw gespielt.«

»Und was?«

»Trommel.«

Diese stets positiven, unverdrossenen Schauspieler, die jede Aussicht auf Starruhm längst aufgegeben haben, können jeden Film nacherzählen, in denen man sie einen Augenblick lang gesehen haben könnte, als Barkeeper, Kellner oder, wie Lesley, auf der Ladefläche eines Bauernwagens, um den Kopf einen »bestickten Schal, original 19. Jahrhundert, alles Handarbeit«. Vor nicht allzu langer Zeit sah ich einen Schauspieler vorsprechen, der in einigen Folgen der Serie *Emmerdale Farm* aufgetreten war. »Ich habe den Postboten gespielt«, sagte er, »aber seitdem war ich nicht mehr dabei. Sie scheinen nicht so viel Post zu kriegen.«

Eine weitere Obsession rührt schon aus meiner Kindheit. Der Hundehaufen vor dem Buckingham Palace, der Mrs. Ruddocks den Ausflug verdirbt, und »die Härchen überall«, die einen Hund in Doris' Augen unmöglich machen, deuten auf ein Vorurteil, das ich von meinem Vater geerbt habe, der in Leeds Metzger war. Hunde waren ihm verhasst: »Verschwinde, du widerlicher kleiner Straßenlampenschnüffler!«, rief er einmal, als er eine unglückselige Promenadenmischung aus dem Laden jagte; und dreißig Jahre später bekommt Doris den Ausdruck in den Mund gelegt. Mein Vater hatte auch eine Vorliebe für Laubsägearbeiten, doch während die Laubsäge für Doris' Ehemann Wilfred nur einer seiner vielen Träume bleibt (»Spielzeuge und Forts und was nicht alles. Jede Menge Geld wollte er damit machen«), blieb es für meinen Vater kein Traum. Er saß an seiner kleinen pedalgetriebenen Dekupiersäge, neben sich Pläne aus dem *Hobbies Magazine*, und baute Forts und Bauernhöfe für meinen Bruder und mich, einmal gar eine Spielzeug-Fleischerei und herrlich raffinierte Rampen und Falltüren, in die wir unsere Murmeln schnipsen konnten. Das war zu Beginn des Zweiten Weltkriegs, als Spielzeug schwer zu beschaffen war, und ein paar Jahre lang konnte er tatsächlich ein bisschen Geld damit verdienen, dass er Sachen an einen Spielzeugladen in der County Arcade an der Einkaufsmeile Briggate verkaufte. Aber nur ein bisschen. »Du solltest ein wenig mehr nehmen«, pflegte meine Mutter zu sagen. »Sie übervorteilen dich. Das ist dein Problem, Walt, du setzt dich nie ins rechte Licht.« Und das klingt schon wieder wie Doris. Dads Spezialität waren Spielzeugpinguine aus Schichtholz, die auf einem robusten, grünen, vierrädrigen Karren standen. Wenn wir einem Kind begegneten, das eine dieser Konstruktionen hinter sich herzog, war das immer ein großes Ereignis, und wir folgten dem kleinen Besitzer, suchten in seinen Zügen nach Anzeichen von Vergnügen an diesem (in meinen Augen äußerst langweiligen) Spielzeug, und für Dad war die Freude wahrscheinlich vergleichbar mit der eines Schriftstellers, der jemanden sein Buch lesen sieht.

Mit gemischten Gefühlen sehe ich, dass (zweimal) über Tätowierungen die Nase gerümpft wird, wie auch über die Farbe Rot, gelbe Handschuhe und zweifarbige Strickjacken. Auch diese Abneigungen lassen sich auf mein Zuhause und meine Kindheit zurückführen, wo sie zu einem ganzen Katalog der Missbilligung gehörten, der von (falschen) Leopardenfellmänteln und blond gefärbten Haaren über Frauen in Hosen bis zu Cocktail-Schränkchen und kleinen Statuen von Damen mit Schäferhunden an der Leine reichte. In unserem Haus und in der eigenwilligen Sicht meiner Mutter waren all diese Dinge gewöhnlich. Der Begriff ›gewöhnlich‹ ist nicht leicht zu definieren, ohne den Benutzer als Snob oder als prätentiös darzustellen, was meine Mutter beides nicht war. Doch war es immer sie, die solche Unterscheidungen traf: Ich kann mich nicht erinnern, dass mein Vater die Bezeichnung je so verwendet hätte. ›Gewöhnlich‹ schien ein Frauenwort zu sein, in der Benutzung wie im Anwendungsbereich: »Sie ist eine gewöhnliche

Person« hörte man jedenfalls öfter (es war gewöhnlicher) als »Er ist ein gewöhnlicher Bursche«, vielleicht, weil in jenen Tagen Frauen mehr Zeit und Neigung hatten, solche Kategorisierungen vorzunehmen. Eine gewöhnliche Frau fluchte und trank wahrscheinlich (oder trank ›Kurze‹), sie machte sich übertrieben zurecht, ließ das Haus in chaotischem Zustand zurück und machte keinen Hehl aus ihren Affären. Womöglich hatte sie sogar Spaß am Leben, und das war das Problem: Eine gewöhnliche Frau weigerte sich, das ihrem Geschlecht zugemessene Leid auf sich zu nehmen. Kritisiert wurde auch ein gewisses Maß an Täuschung und Zurschaustellung (die blondierten Haare, der zu enge Pullover, das mit Schminke verkleisterte Gesicht). Elsie Tanner aus der *Coronation Street* war eine gewöhnliche Frau, ebenso Hilda Ogden aus der gleichen Vorabendserie, mit ihren Lockenwicklern und ihren vorschnellen Urteilen. Und auch, fand ich jedenfalls als Kind, Maria Magdalena.

Plötzlicher Geldsegen erhöhte die Gefahr der Gewöhnlichkeit, und Lotteriegewinner entkamen der Bezeichnung kaum. Daher auch die tragische Geschichte von Vivien Nicholson, der Lotteriegewinnerin aus Yorkshire und Heldin von Jack Rosenthals Fernsehfilm *Spend, Spend, Spend.* Ihre ständigen Autounfälle und die Dramen und Peinlichkeiten ihres Privatlebens waren fast täglich in der *Evening Post* zu lesen. »Tja«, pflegte meine Mutter zu sagen, wenn Mrs. N. wieder einmal nach einem schrecklichen Zusammenstoß auf der Autobahn einen Sportwagen und einen Geliebten abschreiben musste, »sie ist eben eine gewöhnliche Frau.« Weitere Erklärungen waren nicht nötig.

Auch Orte konnten gewöhnlich sein, vor allem solche an der Küste. Blackpool war gewöhnlich (weil man sich dort amüsierte), Morecambe weniger (weil man sich weniger amüsierte), Grange oder Lytham gar nicht (weil Amüsement dort gar nicht auf dem Programm stand). Wenn wir doch mal nach Blackpool fuhren, wohnten wir entweder in Cleveleys oder in Bispham, am feineren, nördlichen Ende der Stadt. Für meinen Bruder und mich hieß »feiner« lediglich: so weit wie möglich von den Jahrmarktsattraktionen entfernt. Die Pensionen oder die sehr gemischte Sorte Gäste, die wir dort antrafen, unterschieden sich bestimmt kaum von denen anderer Stadtteile. In gewissem Maße machte meine Mutter die sehr subjektiven feinen Unterschiede, die sie traf, selbst wahr: wo wir waren, traf man »etwas Besseres«, weil wir uns eben vom schlechteren Rest fernhielten – Palmengarten statt badende Schönheiten, kein »Knubbel-Knie-Wettbewerb«, sondern ein Überlandbus nach Windermere. Pauschalreisen kamen für meine Eltern zu spät, aber hätten sie sich ins Ausland gewagt, wären ihre Ansichten und Einstellungen mitgereist. Meine Mutter hätte sicher rasch das Bispham-Ende von Benidorm, den feineren Teil von Sitges ausgemacht. »Wir mögen es nicht so hektisch, nicht wahr, Dad?«

Gewöhnlich hält sich. Ich möchte nicht gern dabei ertappt werden, solche Einteilungen zu machen, aber im Stillen tue ich es. Es gibt zum Beispiel derzeit eine beliebte Art von Tüllgardinen (wahrscheinlich aus Kunstfaser), die aus irgendeinem Grund in der Mitte gerafft wird. Auf mich wirken sie wie eine Frau, die auf der Toilette war und deren Unterrock sich beim Anziehen in der Strumpfhose verfangen hat. Sie sind natürlich absurd, aber das ist es eigentlich nicht, was ich an ihnen auszusetzen habe: Sie sind gewöhnlich. Die falschen Georgianischen Eingangstüren, die ansonsten anständige Hausfronten entstellen, beleidigen mein Auge, weil sie billig, unpassend, schlecht proportioniert und … gewöhnlich sind.

Und schließlich tauchen in all diesen Stücken bis auf eines Pfarrer auf – anglikanische Pfarrer, wenn auch nicht immer so bezeichnet; ernste Besucher, entschlossen zeitgemäß. Mehrere tragen Vollbart, einer Turnschuhe, die meisten sind in Zivil. Ich bin nicht darauf aus, Geistlichen weltliche Kleidung zu verbieten, aber ich wünschte doch, sie – wie auch Postboten und Gepäckträger – wären beim Schwarz geblieben. Briefträger sehen heute aus wie Angehörige der rumänischen Luftwaffe, und Priesterröcke können beige oder gar violett sein, und wenn sich ein Pfarrer überhaupt noch den kompromittierenden weißen Kragen umlegt, dann sicher nur in der abgespeckten, extra schmalen Version, die schüchtern unter einem Gewand in modischen Pastelltönen hervorlugt. Auch Nonnen haben ihre wehende, bewimpelte Unschuld verloren und sehen eher aus wie Gefängniswärterinnen auf Ausgang. Sogar Leichenwagen sind ergraut, da Schwarz wohl als zu unerbittliche Farbe gilt; das Leben endet in schattierten Übergängen, wenn wir nach geschmackvoll erduldetem Leiden farblich passend ins Grab gleiten.

Dass Geistliche sich nicht ihrer Stellung gemäß geben wollen, hat mit der Aufgabe des *Book of Common Prayer* zu tun, mit der Anpassung der Gottesdienstform an angebliche moderne Bedürfnisse. Wenn sie sich auf keinen Fall wie Pfarrer anhören sollen, kann man es ihnen nicht verübeln, dass sie auch nicht wie solche aussehen wollen. Diese Haltung, »unterm Talar bin ich ein Mann wie jeder andere«, die Geoffrey in *Ein Bett zwischen Linsen* zur Schau stellt, muss inzwischen an vielen Kirchentüren gang und gäbe sein. Und so neu ist sie natürlich auch nicht. Priester haben schon immer nach der Welt getrachtet, oder zumindest nach dem Weltlichen, und da Er sich mit Zöllnern und Sündern abgab, ging es eigentlich schon von Jesus an abwärts. Würde Susan jedenfalls sagen.

Ich weiß nicht, warum nur Katholiken es so schwer haben sollen, ihrer religiösen Prägung zu entkommen; ich habe meine jedenfalls nie abstreifen können. Mit sechzehn, noch nicht lange konfirmiert, war ich streng religiös, ging regelmäßig zum Abendmahl und hatte die Liturgie vollkommen verinnerlicht. Man sollte meinen, so etwas sollte jeden Pfarrer froh stimmen, vielleicht war es auch so, aber ich glaube eher, die Geistlichkeit war angesichts meines Eifers eher peinlich berührt. Ein anglikanischer Eiferer ist ohnehin eine Art Widerspruch in sich, aber mir war auch deutlich bewusst, dass meine ständige Anwesenheit am Tisch des Herrn, oft unter der Woche *und* am Sonntag, als eher ungesund angesehen wurde. Wenn der Zelebrant an einem kalten Wintermorgen aus der Sakristei trat und mich in der Kirchenbank sitzen oder (wie Mrs. Frobisher ließ ich keine Gelegenheit ungenutzt verstreichen) in stummes Gebet versunken sah, muss er sich wie ein Arzt vorgekommen sein, der aus dem Sprechzimmer in den Warteraum tritt und dort nur einen lästigen Hypochonder vorfindet (das war ich übrigens auch). Ich war schüchtern, Brillenträger, gänzlich unschuldig und ahnungslos und daher für jeden Kirchenmann eine Enttäuschung. Sie wollten Brandscheite, die man aus den Flammen reißen konnte, und so etwas war ich nicht im Geringsten; ich war dem Feuer noch nicht einmal nahe gekommen.

Für mich waren diese frühmorgendlichen Gottesdienste, bei denen nur eine Handvoll Stammgäste in einer kleinen Seitenkapelle saßen, außer mir meist altjüngferliche Damen, die auf hohen Fahrrädern durch den herbstlichen Nebel hergeradelt waren, der Inbegriff der Religion, der wahre Geschmack Gottes. Auch wenn ich es mir nicht eingestand, wusste ich doch, dass die Geistlichen hohe Feiertage wie Weihnachten mehr schätzten, wenn die Kirche bis zur Tür gefüllt war, die Seitenschiffe voll waren, wenn hinten sogar noch Menschen standen, wie ganz früher im Kino. Für viele Gemeindemitglieder war dies der einzige Kirchenbesuch im Jahr. Wenn ich mich auf den Sekundenbruchteil korrekt auf die Knie fallen ließ, registrierte ich mit Verachtung, dass nur wenige andere Besucher der festlichen Veranstaltung den Ablauf des Gottesdienstes kannten. Die meisten knieten sich gar nicht hin, sondern blieben sitzen, den Kopf zwischen den Händen, als säßen sie auf der Toilette, und dies war ihre einzige spirituelle Entleerung des ganzen Jahres.

Ich war ein anspruchsvoller Gottesdienstbesucher, und wenn ich zum Empfang des Abendmahls an den Altar trat, war ich noch wählerischer. Weihnachten und Ostern, die Freudenfeste des Kirchenkalenders, stellten für mich grauenhafte gesundheitliche Gefahren und echte Glaubensprüfungen dar. Bei den dünn besuchten Abendmahlen den Rest des Jahres über konnte man sich darauf verlassen, neben einer Person von nachweislicher Frömmigkeit und tadellosem Lebenswandel zu stehen. Wenn der Kelch zu mir kam, dachte ich vielleicht an Tuberkulose oder Krebs, die ich mir zuziehen könnte, doch bei den beunruhigenden Begängnissen an Weihnachten und Ostern waren diese Leiden vergessen.

Dann drohten Geschlechtskrankheiten. Da die Kirche gerammelt voll mit Zöllnern und Sündern stand, wusste man nie, wer der Zechgenosse sein mochte. Meine Mutter war an allem schuld. Sie hatte uns dazu erzogen, nie mit anderen Jungen eine Brauseflasche zu teilen, und das Abwischen mit der Hand, sagte sie, sei auch kein Schutz, daher wusste ich, dass der zarte Tupfer mit dem Tuch, den der Pfarrer dem Kelchrand versetzte, keinerlei Unterschied machte. Da war natürlich noch Gott, an dessen Allmacht ich glauben sollte: Vielleicht würde er für eine Art übernatürliche Keimfreiheit sorgen. Vielleicht aber auch nicht. Vielleicht war es sein unerforschlicher Ratschluss, dass ich mir vom Rand seines Kelchs Syphilis einfangen sollte. Der andere Ort, den ich dessentwegen fürchtete, war der Toilettensitz öffentlicher Bedürfnisanstalten, und dass der Klorand sich auf diese Weise mit dem Kelchrand verband, gehörte ebenfalls zu den unbegreiflichen Wundern des Herrn. Es waren eher solche hygienischen Fragen als theologische Zweifel, die meinen Glauben auf die Probe stellten. Ich sehe mich noch vom Altar zurückkehren und auf die Knie sinken, um bei erster Gelegenheit ins Taschentuch zu spucken. Ich wusste natürlich, wenn Gott mich für Geschlechtskrankheit und Glaubensprüfungen auserwählt hatte, dann würde alles Spucken nichts helfen. Für den Herrn der Heerscharen war so etwas lachhaft.

Wenn ich heutzutage aus Versehen die Übertragung des Kricketspiels aus Headingley einschalte, sehe ich den Schauplatz dieses frühen spirituellen Ringens. »Ach, Headingley!«, könnte ich, Philip Larkin parodierend, ausrufen. »Hier wurde ich wiedergeboren.« Die Kamera fährt über die Spielfeldgrenze an der Cardigan Road, und da, über den Baumwipfeln, ragt der Turm von St. Michael's auf, entworfen von J. L. Pearson, der auch die Kathedrale von Truro gebaut hat, zusammen mit St. Bartholomew's in Armley die schönste der Kirchen aus dem 19. Jahrhundert in Leeds, und in jener Zeit kannte ich sie alle. Zur selben Zeit, als ich in mein Taschentuch spuckte, spielte der Romanautor und Dramatiker David Storey Rugby für Wakefield und war daher oft auf dem Sportplatz in Headingley. Auch für ihn war St.

Michael's ein Symbol der Hoffnung. Wenn er mitten im Spiel, frierend, feucht und furchtsam, voller Sehnsucht zum Kirchturm schaute, sagte er sich, dass er in weniger als einer Stunde gegenüber der Kirche auf die Straßenbahn warten würde; das Spiel wäre vorbei und er auf dem Heimweg. Das ist jetzt zwar nebensächlich, so aber auch die meisten meiner hier ausgebreiteten Erinnerungen, meine ganze Kindheit war eigentlich nebensächlich, jedenfalls kam sie mir damals so vor. Wenn man in den Vierzigern und Fünfzigern in der Provinz aufwuchs, lernte man früh eine wertvolle Lektion: Leben ist meistens das, was sich anderswo ereignet.

Alan Bennett, 1934 in Leeds geboren, wurde bekannt durch seine TV-Comedy-Revue *Beyond the Fringe*. Er ist einer der populärsten britischen Dramatiker. Neben zahlreichen Theaterstücken und seinen Arbeiten für Fernsehen und Rundfunk schreibt Bennett seit Mitte der neunziger Jahre aber auch Prosa – wenn er nicht gerade sein Schwein spazierenführt (siehe Foto oben).

Alan Bennett bei Wagenbach

Die souveräne Leserin

Die Hunde sind schuld. Beim Spaziergang mit der Queen rennen sie los, um den allwöchentlich in einem der Palasthöfe parkenden Bücherbus der Bezirksbibliothek anzukläffen. »Ma'am« ist zu gut erzogen, um sich nicht bei dem Bibliothekar zu entschuldigen, leiht sich ebenfalls aus Höflichkeit ein Buch aus – und kommt auf den Geschmack. Von da an deckt sie sich jede Woche mit Lesestoff ein.

»Not amused« ist hingegen der Privatsekretär der Queen, denn die Queen beginnt, ihre Pflichten zu vernachlässigen, liest nun lieber in ihrer Kutsche, statt der Menge zuzuwinken.

»Ein solches Buch kann nur ein Engländer schreiben. Ein Engländer mit literarischer Bildung, Selbstironie und Geschichtsbewusstsein. Charmanter, klüger und leichter kann man nicht über das Lesen und das Leben nachdenken.«

Verena Auffermann, Deutschlandradio Kultur

Aus dem Englischen von Ingo Herzke
SVLTO. Rotes Leinen. Fadengeheftet. 120 Seiten

Così fan tutte Eine Geschichte

Mozart spielte in ihrer Ehe eine wichtige Rolle. Sie hatten keine Kinder, und ohne Mozart hätten sie sich wahrscheinlich schon vor Jahren getrennt. An jenem Abend waren die Ransomes in *Così fan tutte*, und als sie nach Hause kommen, ist ihre Wohnung komplett ausgeräumt. Auf der Suche nach dem Nötigsten für den Alltag – Tassen, Teebeutel, Spülmittel, Sieb und eine ochsenblutfarbene Schuhcreme für ihren Mann – gerät Mrs. Ransome in Läden und Gegenden, die sie vorher nie aufgesucht hätte. Eine merkwürdige Abenteuerlust und Lebensfreude bemächtigt sich ihrer, und am Ende ist für die Ransomes nichts mehr so, wie es einmal war.

Aus dem Englischen von Brigitte Heinrich
SVLTO. Rotes Leinen. Fadengeheftet. 120 Seiten

Vatertage Beziehungsgeschichten

Mr. Midgley hat den Tod seines Vaters schon oft herbeiphantasiert und sich selbst durchaus eine aktive Rolle dabei zugedacht. Am Ende läuft es aber doch ganz anders ab, und der Alte erweist sich ihm noch im letzten Moment als überlegen: Er schlägt genau dann ein letztes Mal die Augen auf, als der Sohn seinen Platz am Krankenbett mit dem im Bett der Krankenschwester vertauscht hat. Und seine letzten Worte zeugen von geradezu perfider Vaterliebe …

Aus dem Englischen von Ingo Herzke
SVLTO. Rotes Leinen. Fadengeheftet. 96 Seiten

Handauflegen Kurzroman

Unter den Augen eines unbestechlichen Gesandten der übergeordneten Kirchenbehörde zelebriert Pater Jolliffe einen Gedenkgottesdienst für den Bettgefährten der *beautiful people* von London, einen auch ihm selbst wohlbekannten Mann. Unerwartete Enthüllungen der versammelten Hinterbliebenen sorgen dafür, dass die weihevolle Andacht zum nervenzerrenden Schreckensspektakel wird.

»Zeile für Zeile bröckeln Fassaden, und wer darüber nicht lachen kann, der muss das Buch ungetröstet zuklappen.«
Michael Schmitt, Neue Zürcher Zeitung

Aus dem Englischen von Ingo Herzke
WAT 606. 96 Seiten

Die Lady im Lieferwagen

Miss Sheperd taucht eines Tages mit ihrem Lieferwagen auf. Zunächst ist es eine ›kleine‹ Anschubhilfe, die sie erbittet, aber es dauert nicht lange, und sie erobert mit ihrem maroden rollenden Zuhause einen festen Platz im Vorgarten – für die nächsten zwanzig Jahre. Überzeugt, dass sie die eigentliche ›eiserne Lady‹ ist, erteilt sie der viel zu weichen Margaret Thatcher gute Ratschläge und kandidiert selbst für das Parlament.

Aus dem Englischen von Ingo Herzke
WAT 621. 96 Seiten

Lesen Sie weiter …

Djuna Barnes Solange es Frauen gibt, wie sollte da etwas vor die Hunde gehen?

Acht Portraits

Die Portraits stellen eine Generation selbstständiger, selbstbewusster und unabhängiger Frauen, die in den ersten Jahrzehnten unseres Jahrhunderts auftritt und zu der die große amerikanische Schriftstellerin selbst gehört. Das macht die Spannung dieser Interviews aus, die nicht bloße Interviews sind, sondern aufregende Zwiegespräche zwischen Emanzipierten, die immer halb ein Bild der beiden miteinander Sprechenden und halb ein Bild der Zeit sind.

Aus dem Englischen von Karin Kersten, Bettina Blumenberg, Alexandra Busch und Brigitte Siebrasse
SVLTO. Rotes Leinen. Fadengeheftet. 96 Seiten

Edgardo Cozarinsky Bambi am Broadway

Erzählungen

Nach dem Ende ihrer Karriere bei Walt Disney heuern Bambi und Dumbo am Broadway an. Sie vertrauen auf die plastische Chirurgie, die sie von Rüsseln und Körperhaaren befreit, denn sie wollen in den Bühnenshows Manhattans nicht als Ex-Reh und Ex-Elefant erkannt werden. Allerdings schmiedet Bambi ein Komplott gegen Dumbo …

Auch andere Zeitgenossen legen sich zwecks Gesichtsumwandlung unters Messer – unter ihnen Elena Ceauşescu, um sich nach ihrer erfolgreichen Flucht vor dem Erschießungskommando im Exil eine neue Existenz aufzubauen.

Außerdem begegnen wir in Cozarinskys skurrilen Vignetten allerlei Taxifahrern und einer argentinischen Varietékünstlerin im Rollstuhl.

Aus dem argentinischen Spanisch von Timo Berger
SVLTO. Rotes Leinen. Fadengeheftet. 96 Seiten

Die englische Originalausgabe erschien 1988 unter dem Titel *Talking Heads* bei BBC Books/Forelake Ltd. in London.

Verlag Klaus Wagenbach, Emser Straße 40/41, 10719 Berlin
Umschlaggestaltung Julie August unter Verwendung einer Photographie © Tobi Corney/gettyimages.
Gesetzt aus der Franklin Antiqua. Vorsatzpapier von Schabert, Strullendorf. Leinen von Ernstmeier, Herford.
Gedruckt auf säurefreiem Papier (Schleipen) und gebunden bei der Druckerei Kösel, Krugzell

ISBN 978 3 8031 1268 2

9 783803 112682